Belle et Sébastien 3

LE DERNIER CHAPITRE

Belle et Sébastien 3

LE DERNIER CHAPITRE

D'APRÈS LE FILM DE CLOVIS CORNILLAC
D'APRÈS L'ŒUVRE DE CÉCILE AUBRY

–

ADAPTÉ PAR
CHRISTINE FÉRET-FLEURY

–

D'APRÈS LE SCÉNARIO DU FILM ÉCRIT PAR
JULIETTE SALES & FABIEN SUAREZ

hachette
ROMANS

Visuel de couverture : d'après l'affiche de Jeff.
Adaptation par Christine Féret-Fleury.

Hachette Livre, 58, rue Jean-Bleuzen, CS 70007, 92178 Vanves Cedex.

Du blizzard émerge une silhouette qui se bat contre les éléments déchaînés. Un pas. Un autre. Dans une telle tempête, s'arrêter, c'est mourir. L'homme en est conscient. Il consulte la boussole qu'il tient bien serrée au creux de sa main gantée. Puis il lève les yeux, cherche à s'orienter. Rien. Rien que les flocons tourbillonnant, une blancheur mortelle, à perte de vue. Il est couvert de neige, de minuscules glaçons se sont formés dans ses sourcils, au bout de ses cils. Il n'a presque plus figure humaine.

Soudain, à quelques mètres, il discerne une forme mouvante. Un loup ? Un ours ? Il épaule son fusil, prêt à tirer.

Il n'en a pas le temps : sa cible s'effondre sur l'épais tapis immaculé, et ne bouge plus.

Le berger – César – s'approche prudemment.

Ce n'est pas un animal sauvage, mais une femme enveloppée de châles. Évanouie. César se penche, passe les bras autour du corps inanimé et, avec un grognement d'effort, le hisse sur son dos.

Puis il se remet en marche. Un pas. Un autre. Encore. Chargé de ce poids supplémentaire, il peine à s'extraire de la neige profonde. Chaque mètre est une douleur. Chaque minute qui passe, une éternité. Est-il perdu ? Va-t-il errer dans la tempête jusqu'à s'abattre, lui aussi, sur le sol doux et glacial, entraînant dans sa chute et dans la mort cette inconnue ?

Enfin, les contours d'un bâtiment se dessinent non loin. César souffle, soulagé. Maintenant, il sait où il est. Le refuge du Baou.

Il a refermé sur eux la porte de la maisonnette bâtie en grosses pierres dont les murs épais les protègent désormais de la furie du vent. Il y a une cheminée rustique, un fagot de brindilles, quelques bûches empilées là par une main prévoyante. En montagne, on doit s'entraider ; ne jamais utiliser le bois d'un abri sans le renouveler, pour le prochain voyageur égaré. Bientôt, les flammes crépitent, diffusant une bonne chaleur. Avec des gestes méthodiques, efficaces et pourtant doux, César commence à débarrasser la femme de ses vêtements trempés. Soudain, il suspend son geste...

— Non, murmure-t-il. Oh non !

Le ventre de l'inconnue est gonflé, rond comme une lune. Elle est enceinte, et bien près d'accoucher.

Peu à peu, elle émerge de sa torpeur, reprend connaissance. Ses yeux très noirs, brillants de fièvre, errent avant de se poser sur le feu, puis sur le rude visage de César. Elle esquisse un sourire tremblant.

— Je... je vais faire chauffer de l'eau, balbutie celui-ci.

La femme s'accroche à sa main.

— È... È la prima volta...

Elle est effrayée. Ses longs cheveux noirs, débarrassés du châle de laine qui les recouvrait, se répandent sur ses épaules.

— Pour moi aussi, avoue César.

— Salvare il mio bambino, *le supplie-t-elle dans un souffle.*

Le cri d'un nouveau-né ne peut couvrir le chant sauvage d'une tempête de neige. Pourtant, César a la sensation que celui-ci a résonné jusqu'aux confins du monde. L'enfant est si petit dans ses grandes mains ! L'air attendri, il le pose sur le ventre de sa mère qui, épuisée, sourit.

— Bambino mio…

Les doigts minuscules se referment sur la chaîne que la mère porte au cou ; deux médailles y sont accrochées. L'une est gravée au nom de Lisa, l'autre à celui de Pierre Marceau. César ne lira ces inscriptions que plus tard… pour l'instant, il laisse la femme lui prendre la main et la poser sur la tête du bébé.

— Grazie, *chuchote-t-elle encore, épuisée.*

Elle regarde son enfant avec amour. Puis sa main retombe.

Son cœur ne bat plus. Pour elle, tout est fini.

À l'aube, la tempête s'est calmée. César a fermé les yeux de la jeune morte, puis a entrepris d'emmailloter le nouveau-né dans les châles qui ont séché près du feu. Le bébé et l'homme se regardent.

— Comment on va t'appeler, toi ? marmonne le berger.

Une bulle de salive se forme sur les lèvres du nourrisson. César sourit.

1

Dans la chambre de Sébastien, l'obscurité règne encore. Ça sent le bois fraîchement raboté et le linge frais. Sur le lit trône un énorme édredon, bien douillet. Il doit faire bon dormir là par les nuits d'hiver, quand le blizzard hurle derrière les volets clos…

Soudain, la porte s'ouvre, et César entre.

— Sébastien !

Seul un grognement lui répond. Il ne vient pas de Belle, la grande chienne blanche couchée au pied du lit, mais du garçon qui s'étire et feint un réveil paresseux.

Pas dupe, César insiste :

— Sébastien… Ils sont où ?

Un adorable chiot émerge. Un deuxième apparaît de l'autre côté.

— Je ne sais pas, moi…

La tête ébouriffée du gamin émerge de l'édredon. Ses yeux pétillent de malice.

— Belle, tu sais où ils sont, toi ? interroge-t-il, avec un air d'innocence.

— On avait dit : pas dans la chambre ! s'exclame César avec sévérité.

— Ils sont pas là, je te dis… proteste mollement Sébastien.

Il n'a pas fini sa phrase quand la tête d'un adorable chiot, blanc tacheté de brun, émerge tout près de la sienne. Un deuxième apparaît de l'autre côté. Et bientôt, un troisième !

— Alors là, je ne comprends pas, soupire le gamin, hypocrite. Je ne sais pas comment ils sont arrivés là.

Il fronce les sourcils et s'adresse à Belle, la menaçant du doigt :

— Belle, tes petits, on avait dit pas dans la chambre !

Mais la fausse remontrance se termine dans un éclat de rire : les chiots se sont jetés sur lui et lui lèchent le visage !

La fausse remontrance se termine dans un éclat de rire.

— Bon, allez, tu me les sors de là, grommelle César qui n'a pas le cœur à se fâcher. Et viens, toi aussi. J'ai besoin d'un coup de main.

Un peu plus tard, Sébastien finit de ranger le bois sous l'appentis, comme son grand-père le lui a demandé. Il pose la dernière bûche sur le tas et pousse un soupir de soulagement. Sa tâche est achevée ! Puis il se retourne et écarquille les yeux devant le spectacle qu'il découvre par la porte ouverte du chalet : l'un des chiots de Belle a la tête coincée dans un pot de miel, un autre a déchiré l'oreiller de César, dont les plumes volent partout.

— Mais ça va pas ! Vous êtes dingues !

Il se précipite et attrape les petits chiens par la peau du cou, un dans chaque main.

— Si César te voit bouffer son miel, on est foutus… et toi, lâche ça ! Lâche, je te dis !

Il essuie ses doigts poisseux sur les lambeaux de l'oreiller, puis jette un regard autour de lui.

— Et l'autre, il est où ?

— Sébastien ?

La voix d'Angelina fait sursauter le garçon qui vire sur ses talons, les deux chiots dans les bras. La jeune femme apparaît, portant une corbeille de linge humide. Elle est heureuse, Angelina, ça se voit : depuis la fin de la guerre, elle est revenue dans le village de son enfance, avec l'homme qu'elle aime, Pierre, le père de Sébastien.

— Ça va, Sébastien ? Tu es sûr ? s'inquiète-t-elle pourtant.

— Oui !

Un grand fracas retentit : le tas de bois vient de s'effondrer. La tête du troisième chiot apparaît entre deux bûches...

Cette fois, c'est Pierre qui intervient :

— Tu vas être en retard à l'école.

Sébastien supplie :

— Oh non, papa, pas aujourd'hui ! S'il te plaît !

— Si. Aujourd'hui, et demain, et après-demain.

— Ton père a raison, approuve Angelina en souriant. Allez, file !

Tous deux regardent le garçon attraper son cartable d'écolier et s'éloigner de mauvaise grâce sur le sentier. César les rejoint. Il arbore un air grave.

— Vous lui avez parlé ?

Pierre se racle la gorge et détourne le regard.

— Pas encore.

Le vieux berger fronce les sourcils. Manifestement, il n'approuve pas. Il grommelle :

— Faudrait pas qu'il l'apprenne par quelqu'un d'autre, pourtant...

2

La pendule de la salle de classe égrène lentement les minutes, les heures, scande les leçons, les récitations, les dictées. Sébastien s'ennuie. Les enfants assis devant les pupitres sont, pour la plupart, plus jeunes que lui. Le menton posé dans sa main, il regarde les aiguilles comme s'il avait le pouvoir de presser leur mouvement. Quand la cloche sonnera-t-elle ? Quand pourra-t-il enfin sortir de cette pièce étouffante, retrouver la montagne, l'espace, l'air vif, sa liberté ? Et ses chiens ? Depuis que Belle a eu ses petits, il s'occupe d'eux chaque jour. Les chiots sont même devenus des célébrités dans le pays, comme leur courageuse mère. Un journaliste est venu prendre des photos et il y a eu un article pour *Le Dauphiné libéré* !

— Un paysan récolte dix pommes et sept poires par jour, dit le maître. Il vend tous les mois sa récolte au marché. Sachant qu'une pomme coûte trois francs et une poire quatre francs, combien le paysan gagne-t-il chaque mois au marché ?

Profitant qu'il tourne le dos à sa classe pour recopier le problème au tableau, Marie, la voisine de pupitre de Sébastien, se penche vers lui pour le bombarder de questions.

— Ils sont déjà grands comme ça ? chuchote-t-elle en écartant ses mains.

Sébastien hoche la tête.

— Et tu ne leur as toujours pas donné de noms ? Si tu veux, j'ai des idées ! Chouchoute, Crapule… Mistouflette ! Ça te plaît ?

Le garçon lève les yeux au plafond. Derrière eux, un autre gamin, Hector, se mêle à la discussion.

— Et tu vas les donner à qui ?

— Je ne les donnerai pas !

Il a parlé un peu trop fort ; le maître se retourne, les sourcils froncés.

— Sébastien ! Tu me copieras cent fois : « Je ne dois pas bavarder en classe ».

— Cent fois ? s'indigne Sébastien. Et pourquoi pas deux cents ?

— Bonne idée, réplique l'instituteur, narquois. Deux cents fois.

Le garçon, furieux, serre les dents, mais ne proteste pas. Le maître, ayant fini d'écrire l'énoncé du problème au tableau, passe parmi les rangées et distribue des livres à ses élèves.

— Essayez d'en lire cinq pages tous les jours... n'est-ce pas, Sébastien ?

— Oui, monsieur, soupire l'interpellé avec lassitude.

Hector tourne son livre dans tous les sens.

— Qu'est-ce que c'est ? demande-t-il en déchiffrant le titre. « Les trois moustiquaires » ?

— *Les Trois Mousquetaires*, corrige le maître avec patience.

Tous les enfants rigolent.

À la sortie, Sébastien aperçoit Angelina qui l'attend, flanquée de Belle.

– Cent fois ? s'indigne Sébastien. Et pourquoi pas deux cents ?

Belle et Angelina contournent le ravin, mais Sébastien, lui, a pris un raccourci.

— Il y a un problème ? s'inquiète-t-il.

— Non, répond la jeune femme qui paraît gênée. Pourquoi ?

— Écoute, Angelina ! J'ai douze ans, tu sais ? Je n'ai pas besoin que tu viennes me chercher à l'école…

— Ce n'est pas ça, bien sûr… Je me disais juste… qu'avec ce soleil, on aurait pu monter jusqu'au Grand Baou…

Elle montre les deux paires de raquettes qui dépassent de son sac à dos.

— Mais si t'as pas envie…

— Si, si…

Sébastien se méfie un peu : Angelina aurait-elle des reproches à lui faire ? Il a conscience d'en avoir mérité certains. Mais elle lui demande seulement :

— Tu n'as pas de devoirs ?

— Non ! s'empresse-t-il d'affirmer, ce qui est un gros, gros mensonge. Premier arrivé ?

— C'est parti !

Quand la jeune femme atteint le refuge, Sébastien est déjà là. Assis non loin de la croix où le nom de sa mère est gravé, il contemple les cimes lointaines des montagnes.

Angelina, souriante et essoufflée, se laisse tomber dans la neige à côté de lui.

— Perdu ! la taquine Sébastien.

— Ne crâne pas… Il n'y a pas si longtemps, c'était moi qui te battais.

Elle ne sait pas que Sébastien a pris un raccourci, marchant sur un arbre tombé au travers d'un ravin, un exercice d'acrobatie qui lui a fait gagner un bon kilomètre ! Si elle le savait, elle le gronderait d'avoir ainsi mis sa vie en danger. Mais pour le moment, elle ne s'interroge pas : elle toussote, un peu embarrassée. Ce qu'elle a à dire au garçon est important, et elle cherche ses mots. Le silence qui s'installe est inconfortable. Enfin, Angelina se lance :

— Tu sais que Pierre et moi, on est amoureux ?

Sébastien lève les yeux au ciel.

— Ben oui, quand même !

— Ça fait un an, un peu plus d'un an, même… alors, ce que je voulais te dire, c'était que… qu'on avait décidé de se marier.

Elle toussote à nouveau.

— C'est ton père… et je suis ta tante… je sais que c'est compliqué, tout ça…

— T'es pas vraiment ma tante.

— Oui, mais…

L'enfant lui sourit, espiègle.

— Tout va bien. Juste…

Angelina se fige. Le regard de Sébastien est fixé sur la croix où se devine le prénom « Lisa ». Le prénom de sa mère morte en le mettant au monde.

— … je ne serai pas obligé de t'appeler maman ?

— Mais non ! le rassure Angelina.

— Ce serait bizarre…

— Carrément ! renchérit Angelina, complice et soulagée.

3

En costume et chemise bien repassée, Sébastien court à perdre haleine dans les rues désertes de Saint-Martin. Il glisse dans la neige, saute par-dessus les congères. Le ciel est d'un bleu étincelant. Un beau jour pour des noces ! En chemin, il noue sa cravate, d'une main pas très sûre. Le nœud sera peut-être un peu de travers… mais qui le remarquera ?

Il pousse de toutes ses forces la porte de l'église et entre… pour découvrir tous les habitants du village sur les bancs. Manifestement, ils attendent quelque chose, ou quelqu'un ! Sans regarder personne, le garçon fonce vers l'autel où se trouvent Pierre et Angelina, très belle dans sa robe blanche ornée de fine dentelle. Sébastien glisse le fameux quelque chose dans la main de son père et va s'asseoir à côté de César, au premier rang de l'assemblée.

Pierre ouvre la main : deux alliances toutes neuves étincellent au creux de sa paume. Il adresse un sourire penaud à sa fiancée, qui lutte pour retenir son hilarité.

— C'est bon ? On a tout, cette fois ? interroge le curé, narquois. Pierre…

Celui-ci prend une profonde inspiration et fait face au prêtre.

— Pierre, tu es parmi nous depuis deux ans déjà et nous sommes tous d'accord pour dire que tu t'es montré digne d'Angelina, ce qui n'est pas chose facile !

Un rire contenu court dans l'assistance.

— Tu as surmonté toutes les épreuves qui menaient à son cœur et tu te dis qu'aujourd'hui, enfin, tu as réussi et que c'est fini. Mais laisse-moi t'apprendre qu'au contraire, ça ne fait que commencer ! Tu as gagné son cœur, il est maintenant de ton devoir de ne pas le perdre.

Tout sourire, il fait un signe aux villageois.

— Je vais vous demander de vous lever pour l'échange des consentements… Angelina, acceptes-tu de prendre Pierre Marceau ici présent pour légitime époux ? De le chérir et de lui rester fidèle dans le bonheur et dans les épreuves, jusqu'à ce que la mort vous sépare ?

— Oui, répond Angelina d'une voix ferme.

César est ému aux larmes. Sébastien, qui a remarqué son émotion, prend la main aux articulations noueuses et la serre fort dans la sienne. Puis il reporte son attention sur le jeune couple. Son visage est grave, comme s'il prenait enfin la mesure de l'événement qui se déroule sous ses yeux.

— Pierre, acceptes-tu de prendre Angelina Volney ici présente pour légitime épouse ? continue le curé. De la chérir et de lui rester fidèle dans le bonheur et dans les épreuves, jusqu'à ce que la mort vous sépare ?

— Oui.

— Vous pouvez vous embrasser...

Après la cérémonie, le repas de noces a lieu dans une grange décorée de gui et de houx. La longue table, nappée de blanc, est couverte de plats de gibiers, de terrines et de bouteilles de bon vin. Du pavillon d'un gramophone s'échappe une musique entraînante. Du jazz ! C'est la musique à la mode et, même si les plus vieux des villageois préféreraient des valses, les jeunes adorent !

Pendant qu'Angelina danse, Pierre attire Sébastien à l'écart et lui tend un petit paquet bien enveloppé.

— C'est pour toi. Pour défendre la maison pendant qu'on sera partis...

– Vous pouvez vous embrasser…

Le garçon déballe son cadeau et découvre, ravi, un couteau suisse aux multiples lames.

— Merci, papa !

— Tu sais que ça ne change rien entre nous ?

— Le couteau ?

— Non, pas le couteau… Tu m'as très bien compris.

Sébastien sourit, fouille dans sa poche et en retire une pièce qu'il glisse dans la main de son père.

— C'est comme ça qu'on fait, il paraît. Pour ne pas couper l'amitié… Dis, tu as déjà dormi avec Angelina ?

Pierre paraît un peu gêné, mais il acquiesce. Le garçon serre les lèvres. Il a envie de rire.

— Alors, tu sais qu'elle ronfle…

Plus tard dans la soirée, alors que certains invités se sont déjà endormis sur la table et que les plus jeunes continuent à danser, Sébastien se glisse sous la nappe pour rejoindre Marie. Il lui tend un verre dans lequel il a versé plusieurs fonds de vin rouge.

— Tiens ! Essaie !

La fillette goûte et fait la grimace. Elle repasse le verre à son ami qui, bravache, avale une grande lampée. Il s'étouffe en toussant.

La fillette goûte et fait la grimace.

— Arrête ! souffle-t-elle, morte de rire. Ils vont nous entendre !

Sébastien pose une main sur la bouche. Mais soudain, il se redresse : il vient d'entendre son nom. Angelina et Pierre discutent avec César et Urbain, le maire de Saint-Martin, tout en finissant leur dessert.

— On ne lui a pas encore annoncé, dit Pierre. Pour l'instant, on part juste quinze jours. Je vais négocier mon contrat, Angelina va s'inscrire à l'université...

— Si tout se passe bien, on déménagera en mai, précise Angelina avec un grand sourire heureux.

— Et au petit, vous lui avez dit quoi ? interroge Urbain.

— Qu'on partait en voyage de noces...

— Et toi ? T'es d'accord pour le laisser partir au Canada, ton petit sauvage ?

C'est César qui répond, tendu et rogue :

— Pourquoi je serais pas d'accord ? Sa place est avec son père.

— Quand même, Montréal, c'est une grande ville, commente Urbain. Ça va le changer de Saint-Martin...

— C'est une chance pour lui : il va voir le monde, le reprend sèchement César. Il n'allait pas rester là toute sa vie…

Sous la table, Sébastien est devenu tout pâle. Marie, inquiète, le regarde du coin de l'œil : elle sent que son ami est bouleversé, mais ne sait pas quoi faire pour l'aider… Il reste là, sans bouger, aussi immobile qu'une statue. Ce n'est que lorsque le groupe s'éloigne qu'il se décide à sortir, à quatre pattes. Il n'a pas prononcé un mot. La fillette le suit à distance, peu rassurée : comment va-t-il réagir ?

Sébastien a rejoint César, qui discute avec les derniers invités près de la porte de la grange.

— Et les petits de Belle ? lui demande justement un riche agriculteur du coin. S'ils sont comme leur mère, ça promet ! Tu m'en mettrais un de côté ?

César n'a pas le temps de répondre : Sébastien se dresse entre les deux hommes, l'œil noir, agressif.

— Ils ne sont pas à vendre ! Et puis, de toute façon, ils ne sont pas à lui !

— Sébastien !

L'enfant défie son grand-père du regard.

Sébastien défie son grand-père du regard.

— Quoi ? T'en as jamais voulu, de cette chienne, et maintenant tu veux te faire de l'argent avec ses petits ? Et puis, leur place est avec leur mère, non ? ajoute-t-il en appuyant volontairement sur les derniers mots, furieux.

— Sébastien, tu veux bien m'écouter ? Quand ils seront sevrés, ils…

Mais le garçon lui a déjà tourné le dos et s'éloigne, raide, les poings serrés.

4

Tout est prêt pour le départ, les valises chargées. Angelina est déjà dans la voiture. Pierre, debout sur le sentier, scrute l'horizon, les sourcils froncés, manifestement préoccupé. Mais Sébastien n'est pas en vue. Angelina se penche à la portière.

— On ne part que quinze jours, dit-elle. On lui parlera au retour, quand on sera sûrs. Fais-lui confiance ! Il comprendra. Il a douze ans, après tout…

— Il n'a *que* douze ans, souligne Pierre. Et on aurait dû lui dire la vérité.

— S'il te voit heureux, il le sera aussi… Tu es heureux ?

Pierre sourit enfin et se penche vers la jeune femme pour l'embrasser. Puis il contourne le véhicule et y monte à son tour.

— Ne t'en fais pas, dit encore Angelina, César va le chouchouter…

Sébastien s'est caché à la lisière de la forêt qui surplombe la route, sous un vieux pont de pierre. Avec le petit couteau suisse que lui a donné son père, il s'acharne sur un morceau de bois, front plissé et lèvres serrées. Belle, assise à côté de lui, l'observe, la tête penchée ; dans son regard se lit une certaine inquiétude. L'attitude du garçon est inhabituelle, elle sent qu'il se passe quelque chose.

Et elle n'aime pas ça.

Soudain, un bruit de moteur retentit en contrebas, et Belle dresse les oreilles. La voiture de Pierre démarre dans un nuage de poussière blanche. Sébastien, le visage fermé, ne lève même pas les yeux. Belle saisit la manche de sa chemise entre ses dents, délicatement, et donne une petite secousse.

— Arrête ! s'exclame le garçon.

Mais Belle est têtue, elle aussi : elle recommence à tirer. Une fois, deux fois.

— Arrête, je te dis !

Comme à regret, la grande chienne blanche lâche le tissu et lance un aboiement bref, interrogateur. Sébastien ne bouge pas.

— Ils nous mentent… Tu sais ce que ça veut dire ?

Compatissante, Belle gémit doucement et pose sa grosse tête contre l'épaule du garçon qui regarde, les larmes aux yeux, la voiture s'éloigner et disparaître dans le premier tournant…

***

Après le repas de noces et le départ des jeunes mariés, César a beaucoup réfléchi. Et il se dit qu'il doit absolument parler à Sébastien, sinon le garçon s'enfermera dans son refus et sa révolte, comme il l'a déjà fait par le passé. Il n'a pas un caractère facile, Sébastien ! « Un petit sauvage », comme l'appellent les gens du pays… Et il l'a montré pendant la guerre. Il a montré aussi son courage et sa générosité.

Maintenant, une page est tournée : le petit garçon né par une nuit de tempête a retrouvé son père. Partir au Canada est une chance. Il ne doit pas la laisser passer.

– Ils nous mentent... Tu sais ce que ça veut dire ?

Le soir, tard, quand il entre dans la chambre de Sébastien, les trois petits de Belle sont roulés en boule sur la couverture. Le garçon, lui, fait semblant de dormir… Il a très bien entendu le grincement de la porte. Mais il ne bouge pas.

— Je sais que tu ne dors pas, dit César.

Sébastien ne frémit même pas. Alors le vieux berger s'assied au pied du lit dont le sommier grince sous son poids. Il soupire. Décidément, ce n'est pas facile d'élever un enfant !

— Je n'ai que trente moutons, dit-il. Quatre chiens, c'est beaucoup pour garder trente moutons.

Il caresse la tête de Belle, qui s'est levée et semble, elle, l'écouter avec attention.

— C'est pas une question d'argent. Tu sais bien que je m'en fiche, de ça. Même Belle, elle le sait que ses petits devront partir. Pas demain. Mais un jour. C'est dans l'ordre des choses… Toi aussi, tu partiras.

Dans un froissement de draps, le garçon, rageur, se dresse, fait face à César et jette :

— Ça t'arrangerait bien ! Tu serais débarrassé !

Le vieil homme, surpris par cette violence, plisse le front.

— Qu'est-ce que tu racontes, voyons ?

Puis, comme Sébastien est retombé dans son mutisme, il interroge :

— Qu'est-ce que tu ferais ici, toute ta vie ? Tu ne vas pas devenir berger comme moi ?

Le regard de Sébastien dérive vers la longue cape de laine brute accrochée à une patère, dans un coin de la chambre. Une cape de berger.

— Pourquoi pas ? fait-il d'un ton de défi.

Les yeux de César ont suivi le même chemin. Il secoue la tête et soupire :

— Tu vaux mieux que ça.

— Et toi, tu ne valais pas mieux que ça ?

— Moi, je n'ai pas eu le choix. Je ne suis pas allé à l'école…

— T'as pas vu le monde… l'interrompt le garçon.

César se tait, troublé. Il ne peut pas savoir que Sébastien l'a entendu le soir du mariage, pourtant cette phrase éveille un écho en lui, et il se demande ce que son petit-fils d'adoption a deviné. Il hésite. Saura-t-il faire comprendre à Sébastien où est son intérêt ? Il se sent, tout à coup, impuissant, et très vieux. Alors, il élude :

— Bon… On en reparlera demain… Dors bien, mon petit.

Et il quitte la pièce, d'un pas pesant, vaincu. Belle vient se coucher contre Sébastien et lui lèche la joue.

— S'ils croient qu'on va partir au Canada, chuchote ce dernier, ils se trompent. T'inquiète pas, ma Belle !

5

Le lendemain, en revenant de l'école, Sébastien est dépassé, sur le chemin, par une belle Jeep à chenilles. Une bâche recouvre l'arrière du véhicule. En arrivant à sa hauteur, le conducteur ralentit et, accoudé à sa portière, lui sourit. C'est un homme de quarante ans environ, puissant, au regard d'un bleu glacial et perçant. Il est coiffé d'un chapeau noir.

— Le chalet de César, tu connais ? interroge-t-il.

— Oui ! Je peux vous y emmener, si vous voulez ! propose Sébastien, ébloui par la Jeep.

Le conducteur se penche et ouvre la porte côté passager ; le garçon, ravi de l'aubaine, se précipite pour monter et la voiture redémarre dans un crissement de pneus. Sébastien, fasciné, examine le tableau de bord qui lui paraît aussi sophistiqué que celui d'un avion ! Il remarque également qu'un fusil à lunette est suspendu à la vitre arrière.

— C'est une Jeep américaine ? finit-il par demander.

L'homme secoue la tête.

— Elle appartenait à un colonel allemand.

Sébastien, très fier, annonce :

— Mon père, il leur a volé un avion !

Le conducteur rit doucement.

— Je ne l'ai pas volée. Je l'ai gagnée.

Du tableau de bord, il tire une sorte de plateau où roulent, sur un fond de feutrine verte, des dés.

— Avec ça. Tu sais jouer ? Vas-y, prends-les, ils ne vont pas te mordre ! Tiens, si tu veux, on fait un pari : jettes-en un ! Si tu fais 1, 2 ou 3, je dois deviner ton prénom. Si c'est 4, 5 ou 6, tu dois deviner le mien ! Ça te va ?

Amusé, Sébastien prend un dé, le tourne et le retourne entre ses doigts.

— Vas-y, insiste l'autre. Qu'est-ce que tu risques ?

Sébastien hésite, puis lance le dé et obtient un 2. Il ne peut cacher un sourire victorieux. L'homme peste joyeusement :

— La chance du débutant ! Attends, je me concentre... Tu t'appelles... Tu t'appelles...

Au bout du chemin, le chalet de César apparaît. Aussitôt, le conducteur se tend, comme si un nouveau pari, un nouveau défi l'attendait là-bas, à quelques centaines de mètres.

— Ah, c'est trop dur ! marmonne-t-il pourtant. Je n'y arrive pas. Je donne ma langue au chat... Sébastien. Moi, c'est Joseph.

Stupéfait, le garçon ouvre de grands yeux. L'homme lui jette un regard en biais, tout en manœuvrant avec habileté pour se garer près du chalet. Puis il ouvre la porte et s'avance vers la maisonnette avec une apparente décontraction.

Resté seul, Sébastien lance et relance le dé dans la coupe métallique. Un 2... encore un 2... Un 2, toujours ! Perplexe, il fronce les sourcils. Il y a là quelque chose qui lui échappe. Il repose le jouet sur le plateau et sort de la Jeep. L'homme et César sont déjà en grande conversation, mais il ne peut pas entendre leurs paroles. Il aperçoit Belle qui sort du chalet. Une image familière, et pourtant, non. La Belle de tous les jours se précipite vers lui pour quêter ses caresses, joyeuse, la Belle d'aujourd'hui s'avance avec lenteur, méfiante, l'échine basse. Le regard rivé à l'homme qui discute avec César, elle tremble de tous ses membres. Sébastien se hâte de la rejoindre.

— Ça va, ma Belle ? demande-t-il, inquiet.

La grande chienne blanche gémit doucement. Il la caresse pour la rassurer. Serait-elle malade ? Aurait-elle perdu l'un de ses chiots ? Non, Sébastien voit les petites têtes à la porte du chalet. Ils sont encore trop craintifs pour sortir. Et ils sont là. Tous les trois.

— Quand je suis tombé sur l'article du *Dauphiné*, je n'en revenais pas ! déclare au même instant Joseph. Plus de quatre ans que je la cherche, ma chienne, vous imaginez ?

« Ma » chienne ? Sébastien n'en croit pas ses oreilles. C'est sûr, il a mal entendu.

— César ? Qu'est-ce qu'il raconte ? interroge-t-il avec anxiété.

— Quatre ans, c'est long, ajoute l'homme à la Jeep avec un soupir exagéré. J'ai cru qu'elle était morte.

César, le visage figé, croise les bras sur sa poitrine.

— Et qu'est-ce qui prouve qu'elle est à vous ?

Joseph sourit. Un mauvais sourire. Il n'a plus l'air du tout sympathique.

— Vous voyez bien… elle me reconnaît.

Et il fait un pas vers Belle qui recule, effrayée. César, lui aussi, s'avance et tend le bras pour empêcher le visiteur de toucher la chienne.

— Ah oui ? Elle n'est pas vraiment en train de vous faire la fête, pourtant… Excusez-moi, mais vous débarquez comme ça, la gueule enfarinée, en prétendant que c'est votre chienne, et vous voudriez qu'on vous croie ? lance-t-il, le menton relevé.

— Tous les patous se ressemblent, ajoute Sébastien.

— Tous les patous n'ont pas une cicatrice à l'oreille gauche… une cicatrice en forme de « v »… Je me trompe ? Elle se l'est faite en essayant d'escalader une barrière quand elle était petite, dit Joseph.

Sa voix est douce, mais cache une menace que le berger et le jeune garçon perçoivent très bien.

Sébastien réagit aussitôt.

— N'importe quoi ! crie-t-il. Je suis sûr que c'est vous qui lui avez fait ! André, il m'a tout raconté ! Il m'a dit que vous l'attachiez à une chaîne trop courte et que vous l'affamiez ! Pendant des jours, même !

— Moi ? Jamais je ne ferais ça à un chien. Il faudrait être un monstre !

Joseph paraît choqué. Mais Sébastien insiste : il a capté le regard de l'homme sur Belle. Et ce n'est pas un regard d'affection, mais de défi. De rancune. Ces deux-là ont un compte à régler.

— Elle était squelettique quand je l'ai trouvée dans la montagne...

La réplique ne se fait pas attendre.

— Tu vois, tu le dis toi-même : tu l'as trouvée. Elle n'est donc pas à toi.

Sébastien en reste sans voix. Profitant de son avantage, l'homme pose une main sur une de ses épaules et continue, mielleux :

— Mais tu t'es très bien occupé d'elle, Sébastien. Je ne te remercierai jamais assez...

Sébastien, d'une secousse, se dégage. Joseph, indifférent, se tourne vers César.

— Je suis vraiment désolé que le petit se soit autant attaché, mais...

Il s'interrompt ; César n'a rien dit. Pourtant, l'expression de son visage ne présage rien de bon. Enfin, il ordonne à Sébastien :

— Va me chercher mon fusil.

Les deux hommes s'affrontent sans esquisser le moindre geste. Le vieux berger est déterminé, aussi ferme et âpre que les montagnes qui l'entourent.

— Vous feriez mieux de partir, énonce-t-il d'un ton neutre.

Sébastien n'a fait qu'un saut vers le chalet et est déjà revenu avec l'arme, qu'il remet entre les mains de son grand-père.

— Vous avez tort de le prendre comme ça…

César empoigne la crosse du fusil. Joseph commence à reculer.

— Réfléchissez bien, dit-il encore. Un jour ou deux. Ça donnera le temps au gamin de faire ses adieux à la bête…

Et il tourne les talons, revenant sans se presser vers sa Jeep. Sébastien lève la tête vers César. Dans ses yeux, il y a une immense détresse…

— Elle a une cicatrice en forme de « v » dans l'oreille gauche, murmure-t-il.

— Je sais. Mais ne t'en fais pas, on va trouver une solution, assure César. Tu peux me faire confiance.

Soudain, le véhicule freine et s'arrête. Sébastien serre les poings : le bras de l'homme dépasse de la portière ; il tient le cartable du garçon. Le garçon lâche un gros soupir et fonce vers la Jeep. Mais alors qu'il va prendre sa sacoche, Joseph lui agrippe le poignet et le tire vers lui. Sébastien résiste et se débat, les dents serrées.

– Réfléchissez bien. Un jour ou deux.

Joseph ne bouge pas. Il sourit encore, les yeux froids. Implacable.

— Elle est pas à vous, Belle ! crie Sébastien. Et elle sera jamais à vous !

— J'ai tout mon temps, réplique l'homme avec calme.

Il lâche le garçon qui trébuche et repart en courant vers son grand-père. César a suivi la petite scène de loin. Il demande :

— Qu'est-ce qu'il t'a dit ?

Sébastien regarde la Jeep disparaître dans la pente. Il a peur, mais il ne le montrerait pour rien au monde.

— Rien… rien.

Et il fait rentrer les chiens dans le chalet comme pour les mettre à l'abri. Même s'il sait, au fond de lui, que dorénavant il aura bien du mal à les protéger…

6

Ce matin, César a décidé d'accompagner Sébastien au village. Joseph n'est pas revenu, mais il ne renoncera pas : le berger en est certain.

Tous deux marchent d'un bon pas, silencieux, enfermés dans leurs pensées.

— Pourquoi il la veut, Belle ? demande enfin le garçon en assurant son cartable sur son dos, alors qu'ils aperçoivent les premiers toits de Saint-Martin qui émergent de la brume matinale, couverts d'une couche de neige fraîche.

César, les mains dans les poches, se tait encore quelques instants, puis dit :

— C'est beaucoup d'argent, un chien comme ça.

— C'est dégueulasse ! s'indigne son petit-fils.

— Sébastien !

Le berger fronce les sourcils, puis un furtif sourire effleure ses lèvres.

— T'as raison, en fait, c'est dégueulasse.

Il tend le cou en apercevant une silhouette qui vient à leur rencontre dans le raidillon. C'est Urbain, et il a sa tête des mauvais jours.

— Je te cherchais, César, dit-il sans préambule. On a un problème. Un vrai problème.

Quelques minutes plus tard, à la mairie, Sébastien et César font face à Joseph, qui prend Urbain à témoin :

— Écoutez, je ne veux pas aggraver la situation, affirme-t-il hypocritement. Rendez-moi ma chienne… et on en reste là.

Sébastien est révolté. Il ouvre la bouche pour s'insurger, mais Urbain le fait taire d'un geste. Le maire montre, sur son bureau, plusieurs feuilles de papier.

— Monsieur est venu avec des témoignages écrits d'habitants de son village, dit-il avec réticence. Ils disent tous que Belle est à lui, et ils parlent tous de sa cicatrice à l'oreille…

— Ça veut rien dire, tu le sais très bien ! le coupe César, exaspéré.

— Si, affirme Joseph, toujours aussi calme. Ça veut dire qu'elle est à moi, cette chienne.

Sébastien a retrouvé sa voix.

— Les chiens ne sont à personne. Ils suivent ceux qui les aiment.

Urbain, mal à l'aise, se gratte le crâne. Manifestement, il préférerait être ailleurs. Mais sa fonction l'oblige à arbitrer les conflits et il ne peut pas s'y dérober – même s'il en a, à cet instant, très envie. Urbain n'a jamais été très courageux…

— Et il faudra aussi qu'on parle des chiots, ajoute Joseph, placide.

Cette fois, le garçon apostrophe le maire, les larmes aux yeux :

— Les chiots ! On ne va pas lui donner les chiots ?!

Le maire reste silencieux. Sébastien fait une dernière tentative.

— Tu te souviens de ce qu'il disait, André ? Qu'il la battait, qu'il l'attachait, qu'il l'empêchait de manger… On n'a qu'à lui demander de faire une lettre, à lui aussi.

Urbain paraît de plus en plus gêné. Il jette des coups d'œil furtifs à Joseph. On jurerait qu'il en a peur.

— André… il boit souvent un coup de trop, tu sais, et…

Outré, César l'interrompt brutalement :

— Alors c'est ça ? Tu vas le laisser faire ?

— La loi, c'est la loi. Je n'y peux rien, moi, se défausse Urbain, le front baissé sur ses papiers.

Désemparé, Sébastien se tourne vers son grand-père, alors que Joseph ricane, triomphant.

— La chienne, elle reste ici, réplique le vieux berger d'un ton sans appel.

Joseph serre les poings, sans toutefois perdre le contrôle de lui-même.

— Puisque vous le prenez comme ça, je reviendrai demain avec les gendarmes, conclut-il.

Sans un mot de plus, César lui tourne le dos et quitte le bureau, entraînant le garçon, sonné et muet.

— C'est pas moi qui les écris, les lois… marmonne encore Urbain, que personne n'écoute.

Il a mauvaise conscience et voudrait bien se justifier. Mais, même à ses propres yeux, c'est difficile.

Joseph est sorti de la mairie quelques minutes après César et son petit-fils. Il ne s'attendait pas à les trouver devant la porte. Surpris, il se fige.

— Je vous en donne dix mille francs, lui assène le berger.

Joseph sourit encore. Cet éternel sourire méprisant et moqueur, qui semble ne jamais quitter ses lèvres !

— C'est beaucoup d'argent... murmure-t-il.

— C'est bien pour ça que vous êtes là, non ?

— Pour réunir une somme pareille, il va falloir vendre votre chalet...

— C'est mon problème, coupe César avec dureté.

Joseph plisse les yeux et se recule légèrement, comme s'il jaugeait son adversaire. Il réfléchit quelques secondes, puis lâche :

— D'accord. Trente mille.

César accuse le coup. Son regard devient menaçant. Ses muscles se bandent.

— Quinze mille, articule-t-il, la mâchoire crispée.

— Vingt-cinq mille.

— Vingt mille.

Les mots, les chiffres fusent comme des balles de fusil. Les deux hommes, dressés l'un devant l'autre, se défient. C'est une épreuve de force.

— Vingt mille... c'est tentant, dit enfin Joseph, faisant naître un espoir fou dans le cœur de Sébastien, qui retient son souffle.

César tend la main pour sceller la négociation. C'est ce qui se fait dans la montagne : on tope, et on est d'accord. Une promesse qui doit être tenue et qui a autant de valeur, sinon plus, qu'une signature au bas d'un contrat.

Joseph avance, lui aussi, sa main. Mais à l'instant où il va toucher celle du vieux berger, il se ravise et la retire.

— On n'a pas parlé des chiots, fait-il, rusé.

Sébastien comprend alors que l'homme n'a jamais eu l'intention de vendre Belle. Il n'a jamais voulu négocier. Il a joué. Joué avec eux, avec leurs nerfs, avec leur amour pour la chienne. Sa colère déborde.

— Espèce d'ordure ! rugit-il en se précipitant sur Joseph, prêt à le frapper.

César le retient. Il sait bien que cela ne ferait qu'empirer le mal. Le garçon, ulcéré, jette un regard noir à son grand-père, se dégage avec violence et part en courant.

— Belle, c'est comme mon enfant, plaide Joseph, mentant sans vergogne et savourant sa victoire. Vous vendriez Sébastien, vous, pour vingt mille francs ?

7

César a rattrapé Sébastien dans la pente et s'essouffle à le suivre, appuyé sur son bâton.

— T'inquiète pas, lui dit-il. Je vais trouver une solution. Et ton père ne laissera jamais faire ça…

— Mon père, il revient que dans dix jours ! crie le garçon, désespéré. Il sera trop tard ! Belle sera loin… on ne pourra plus rien faire.

César, fébrile et inquiet, essaie de se convaincre lui-même :

— Je sais. Mais on va gagner du temps. Ils me connaissent, les gendarmes. Je leur en ai sauvé, des coups ! Ils me doivent bien ça… Je vais leur expliquer, ils nous aideront.

Sa voix tremble. Pour la première fois, Sébastien regarde son grand-père avec des yeux d'adulte : un vieil homme qui pèse de tout son poids sur sa canne, fatigué par la montée trop rude et trop rapide. Il mesure l'impuissance de celui qui, depuis toujours, a été pour lui un roc, et un sentiment inconnu lui déchire le cœur : la pitié.

César, face au mutisme de Sébastien, a compris. Il détourne le regard. Humilié. Défait.

Entre eux, le silence s'installe. Même pendant le souper, alors que les chiots, inconscients du danger qui les guette, cabriolent autour de la table, grignotant des bouts de saucisson sans que personne les réprimande, ils n'échangent pas un mot. Sébastien est plongé dans ses pensées. César manipule machinalement le chien en bois qu'il a sculpté, il y a quelques années, pour son petit-fils. Lui donner ce jouet avait été une façon de se faire pardonner, quand il avait lui-même dirigé la traque contre Belle, chienne sauvage, jugée dangereuse ; cette même chienne que Sébastien a su apprivoiser, cette même chienne qui, pendant la guerre, a sauvé la vie d'une famille entière en les guidant à travers la montagne et la tempête jusqu'à la frontière suisse… Comme leur histoire commune est riche, déjà ! Belle, accueillie au chalet, est un membre de la famille. Et voilà que lui, César, homme respecté et écouté dans toute la région, n'a aucun moyen de la sauver à son tour, elle et ses petits. Il a honte. Il est malheureux.

Mais il laisse Sébastien monter se coucher sans en faire l'aveu. Cela coûterait trop à sa fierté.

Sébastien, dans l'obscurité, a gardé les yeux ouverts. Il attend un long moment, pour être sûr que son grand-père est endormi. Puis il se lève, allume sa lampe et s'habille chaudement, superposant plusieurs couches de vêtements.

— On n'a pas le choix, murmure-t-il à Belle qui l'observe, couchée au pied du lit.

Il ne sait pas qu'une autre personne veille, cette nuit-là ; tout près du chalet, la flamme d'un briquet vient de révéler un profil : celui de Joseph… Installé dans sa Jeep, il fume sans quitter des yeux la maison. Seul le petit point orangé de sa cigarette le trahit… mais qui penserait à regarder dehors ?

Pas Sébastien, en tout cas, qui décroche l'épaisse cape de berger de son grand-père, la jette sur ses épaules, ajuste son passe-montagne, attrape sa sacoche d'écolier…

Sur ses chaussettes, il descend au rez-de-chaussée et entreprend de remplir ce bagage improvisé de toutes les provisions qu'il peut trouver : fromage, saucisson, pain, noix, une gourde pleine, des allumettes, une lampe à huile… Dans l'obscurité, il se déplace très lentement, avec des gestes prudents. Il ne faut pas donner l'alerte à César.

— On n'a pas le choix, répète-t-il.

Dans son lit, le vieux berger dort à poings fermés, avec un ronflement sonore. Sébastien, à pas de loup, s'approche de lui et le regarde. Il paraît hésiter un instant. Puis il soupire, se détourne et griffonne en hâte un mot qu'il pose bien en évidence sur la table.

Sur la pointe des pieds, il sort, suivi de Belle, et referme la porte derrière lui. Dehors, le jour se lève lentement. Sébastien lace ses grosses chaussures qu'il recouvre de ses guêtres de laine grise. Sous l'auvent du chalet est rangé un traîneau ; le garçon y charge son sac ainsi qu'un panier où dorment les trois chiots, puis il recouvre le tout d'une couverture bien chaude. Une longue route les attend et il ne faut pas que les petits prennent froid.

— Tu crois que tu pourras tirer tout ça ? demande-t-il à Belle.

La chienne lâche un aboiement bref, approbateur. Sébastien sourit : il sait qu'il peut faire confiance à son amie. Il la caresse, puis ouvre la trappe du cellier où il y a des pommes et des pommes de terre. Il faut que Belle, les petits et lui puissent tenir pendant plusieurs jours… le temps, au moins, que Pierre et Angelina reviennent. Quand son père sera là, tout s'arrangera, il en est persuadé. Et il sera bien temps, après, de reparler du Canada et de tout ce qu'on lui a caché…

Alors qu'il remonte avec son chargement, il entend la chienne grogner et gémir.

— Chut, Belle ! proteste-t-il. Tu vas réveiller César…

Émergeant du cellier, il voit une haute silhouette sombre se dresser devant lui. Sébastien n'est pas peureux ; pourtant, il laisse échapper les pommes, qui roulent par terre.

Joseph. Il les a guettés, et maintenant…

— Tu pars en vacances, Sébastien ? interroge l'homme, ironique.

Sébastien, d'instinct, s'est posté devant Belle qui, le poil hérissé, grogne en montrant les crocs. Joseph sourit et, d'un coup de pied, renverse le traîneau.Les provisions se déversent dans la neige. Les chiots, réveillés,

– Tu pars en vacances, Sébastien ?

sortent la tête de leur panier ; reconnaissant l'homme dont ils savent d'instinct qu'il représente une menace, ils retournent aussitôt se cacher sous la couverture.

— Tu comptais vraiment t'enfuir avec ce truc ?

Sébastien ne répond pas tout de suite. Il vient de voir que la porte du cellier est restée ouverte et recule lentement. Joseph, qui a décidé de le serrer de près, s'avance. Le garçon plisse les yeux ; il sait maintenant ce qu'il doit faire. Ou plutôt, ce que Belle va faire. Discrètement, une main dans le dos, il lui adresse un signe.

— C'est ma chienne, commence-t-il en se déplaçant avec prudence. Même si vous la prenez, elle s'échappera et elle reviendra me chercher…

— Ah oui ? Tu veux parier ? Avec un autre, peut-être. Pas avec moi. Je saurai la mater.

L'homme suit tous les mouvements de Sébastien. Tout à la joie de ce qu'il pense être une victoire, il ne remarque pas la manœuvre de celui-ci, qui décrit un arc de cercle pour l'amener vers le cellier – dos à la porte. Plus qu'un mètre. Sébastien retient son souffle.

— Ne fais pas cette tête-là ! lance Joseph, goguenard. C'est ça, la vie. Un jour tu gagnes, un jour tu perds. Un jour t'es riche, un jour t'es pauvre. Un jour t'es vivant… un jour t'es mort. T'as beau te démener, travailler, essayer de prévoir… au bout du compte, c'est jamais toi qui décides…

Le regard de Sébastien se durcit, tandis qu'un petit rictus se dessine sur ses lèvres. Il a amené son adversaire exactement là où il le souhaitait. Soudain, il fait un autre signe à Belle et marche vers Joseph en criant :

— On parie ?

Quand l'homme comprend ce qui se passe, il est déjà trop tard : Belle s'est dressée sur ses pattes arrière, impressionnante, et pèse sur ses épaules de tout son poids. Déséquilibré, il trébuche, puis bascule… dans le cellier, dont Sébastien referme aussitôt la trappe, passant la barre dans les encoches qui permettent de la verrouiller de l'extérieur.

La première surprise passée, Joseph se jette sur le panneau de bois qu'il martèle à grands coups de poing en hurlant :

— Je vais te tuer !!!

Précipitamment, Sébastien recharge le traîneau et harnache la chienne. Pas le temps de ramasser les pommes et les pommes de terre, Joseph fait trop de bruit, César pourrait se réveiller et sortir d'un instant à l'autre. Tant pis.

– T'inquiète pas, chuchote Sébastien à Belle.
Le temps qu'il sorte de là, on sera déjà loin...

— T'inquiète pas, chuchote-t-il à Belle comme pour se rassurer lui-même, le temps qu'il sorte de là, on sera déjà loin…

Il chausse ses raquettes, jette un dernier coup d'œil au chalet. Une émotion fugitive passe dans son regard : c'est comme s'il le voyait pour la dernière fois…

— Tu entends ? Je te tuerai ! s'égosille Joseph.

Sébastien lui tourne le dos. Et le petit attelage s'élance vers la montagne enneigée, alors que les sommets se teintent d'un rose très pâle.

En quelques minutes, il a disparu.

8

Ce matin, César a sa mine des mauvais jours. Préoccupé, il fait chauffer le café sans émettre le moindre sifflotement. Il ne remarque même pas le silence anormal qui règne dans le chalet… Au bout d'un moment, pourtant, il lève la tête, fronce les sourcils, puis va vers le pied de l'escalier et appelle d'une voix bourrue :

— Sébastien ! Allez, debout, c'est l'heure !

Il retourne vers la table, y pose deux bols, une miche de pain. Ses gestes sont machinaux. Soudain, il se fige. Là, devant lui… C'est l'écriture de son petit-fils !

Tu m'as dit qu'un jour il faudrait partir. C'est maintenant. Sébastien.

César avance la main, saisit la feuille de papier, en lit, en relit chaque mot. Puis la lâche et s'élance vers l'escalier en criant :

— Sébastien !

Il monte les marches quatre à quatre, cramponné à la rampe. Dans la chambre du garçon, le lit est vide. Il n'a même pas été défait. César ouvre les tiroirs de la commode, où manquent pulls et chaussettes de laine. Un coup d'œil vers la patère fixée au mur : la cape de berger a disparu.

De plus en plus inquiet, il dégringole l'escalier et sort du chalet, scrutant les alentours. Il remarque aussitôt les traces des raquettes et du traîneau, qui se perdent à l'horizon. Au loin se dressent les montagnes, blanches, glacées, hostiles : un désert de neige. Pas âme qui vive…

Il hurle encore :

— Sébastien ! SÉBASTIEN !!!

Contre toute attente, des coups sourds répondent à son appel. Il se retourne : la trappe du cellier, bloquée par la barre, se soulève par à-coups. Une voix étouffée se fait entendre. Il se précipite, débloque la trappe qu'il rabat hâtivement et découvre… Joseph, qui sort comme un diable de sa boîte, furieux. César fait un pas en arrière, puis se fige.

— Qu'est-ce que vous faites là ? demande-t-il, stupéfait.

— Où sont-ils ? crie Joseph. Où sont-ils partis se cacher ?

César feint l'ignorance.

— De qui parlez-vous ?

— Tu le sais bien, le vieux ! Ton gosse a pris MA chienne. Ils sont où ? Réponds !

— Je n'en sais rien, répond le berger, rogue. Et vous êtes chez moi ici ! Allez, foutez le camp !

En colère, il bouscule l'homme qui le repousse sans le moindre effort et le toise, sûr de sa force et de son bon droit.

— Cette chienne finira par monter dans ma Jeep, lâche-t-il, les dents serrées. Crois-moi !

***

Durant les premières heures de la matinée, le ciel est devenu blanc. Un blanc laiteux, menaçant… la tempête approche. César, inquiet, a ameuté le village. Durant toute la journée, avec Urbain et une dizaine

– Tu le sais bien, le vieux ! Ton gosse a pris MA chienne. Ils sont où ? Réponds !

de volontaires, les recherches se sont poursuivies sans résultat. L'après-midi s'avançant, c'est à la lueur des torches que les hommes continuent à progresser sur les sentiers de montagne enfouis sous la neige et noyés d'un brouillard qui s'épaissit de minute en minute… À intervalles réguliers, les cornes de brume résonnent, afin que chaque petit groupe puisse repérer la position des autres. Des cris, aussi, s'élèvent : le nom de Sébastien, clamé par tous. Ces hommes sont des montagnards, ils savent qu'à cette saison et à cette altitude, une tempête comme celle qui se prépare peut être mortelle pour le voyageur solitaire. Mais leurs appels se perdent entre les parois rocheuses et n'éveillent aucun écho dans l'immensité indifférente.

— C'est une vraie purée de pois ! s'exclame un villageois. Et ça ne va pas se calmer. Il faudrait rentrer, on va finir par perdre des gars…

— Si tu es venu pour dire qu'on ne les retrouvera pas, tu peux rentrer chez toi ! le coupe Urbain, le maire, avec une violence qui ne lui est pas coutumière. Les premières heures sont les plus importantes. On continue !

Il se remet aussitôt en route, mais César s'est immobilisé. Il réfléchit.

— Il a raison, dit-il enfin. Ça ne rime à rien. On ne sait même pas où il avait prévu d'aller... Il a pris ma cape de berger, ajoute-t-il. Cela veut dire qu'il n'avait pas l'intention de rentrer de sitôt.

Urbain, immobile, tremblant de froid, le regarde avec inquiétude.

— C'est ma faute, poursuit César avec amertume. Je n'ai pas su le rassurer. Il n'a pas eu confiance... et il a eu raison.

Le maire pose une main sur son bras.

— Belle est avec lui... Il va s'en sortir.

— Ce sera pas grâce à tes lois pourries, rage César.

Urbain encaisse, baisse la tête. Il sait que le berger a raison, qu'une fois de plus il a cédé à la force et qu'il porte sa part de responsabilité dans la fuite du jeune garçon. Il voudrait parler, demander pardon. Là encore, il manque de courage.

Mais César ne fait plus attention à lui. Les yeux sur l'horizon, il paraît absent. Comme s'il contemplait une image d'une infinie tristesse. Enfin, il dit, d'une voix rauque :

— Sa mère est morte un jour de tempête. Un jour comme celui-ci...

9

Sébastien et Belle progressent à flanc de montagne. La pente est escarpée, difficile, même pour un bon marcheur. Au-dessus d'eux, le ciel vire progressivement au noir, comme un couvercle qui s'abattrait sur la terre : la lumière laiteuse s'atténue. Il fait de plus en plus sombre. Le garçon s'immobilise un bref instant pour observer les nuages qui recouvrent les sommets et s'effilochent sur les pointes rocheuses. Ils avancent vite. Trop vite.

— Ça vient droit sur nous, dit-il, préoccupé.

Il montre à Belle le sommet le plus éloigné.

— On va se cacher aux Molines. Personne ne pensera à nous chercher là-bas. J'espère seulement qu'on y arrivera...

– On va se cacher aux Molnes. Personne ne pensera à nous chercher là-bas.

Une caresse froide effleure son front. Il lève la tête : la neige commence à tomber.

— Faut se magner ! Allez, ma Belle !

***

Au village, c'est l'affolement. César, ne sachant plus quoi faire, a décidé de s'adresser aux écoliers. Debout près du tableau noir, à côté de l'instituteur, il ne parvient pas à cacher son angoisse aux enfants.

— Si Sébastien vous a dit quoi que ce soit, il faut qu'on le sache... Je vous en prie.

— Il n'y aura pas de punition, intervient le maître, si vous savez quelque chose et que vous ne l'avez pas dit avant. Pas de punition, c'est compris ?

Marie serre les poings sous son pupitre. Son regard dérive vers la fenêtre, vers les flocons qui tombent de plus en plus dru. Mais elle ne lève pas le doigt pour parler.

Derrière elle, Hector essuie furtivement une larme. Il a très peur pour son camarade préféré. Sébastien, vif, plein d'imagination – surtout pour les bêtises, dirait peut-être le maître –, rend la vie à l'école beaucoup plus divertissante ! Il leur manque.

— Des fois, on fait des choses et on les regrette, explique maladroitement César. Sébastien est peut-être en train de regretter ce qu'il a fait. Vous êtes ses amis, c'est le moment de l'aider !

Les élèves restent silencieux. Le maître se tourne vers César avec un sourire désolé. Celui-ci baisse la tête et sort d'un pas lourd. Dehors, la neige lui fouette le visage ; courbé, marchant péniblement contre le vent, il a bien du mal à regagner le chalet. Mais il ne sent pas la morsure glacée de la tempête. Où est Sébastien ? A-t-il trouvé un abri ? S'il est dans la montagne, en plein cœur de ce déchaînement, il ne survivra pas…

Sébastien va mourir. Et ce sera la faute de César.

Désespéré, le vieil homme regarde encore une fois les sommets, à présent presque invisibles dans les fumées chassées par la bise et l'ensevelissement des nuées. Dans son regard, il y a une supplication.

« Tu as déjà pris la mère… ne prends pas l'enfant ! Rends-le-moi ! »

***

Belle et Sébastien, appuyés l'un à l'autre, se battent avec courage contre les éléments. Pas à pas, ils avancent, tirant le traîneau derrière eux. La tempête est comme une main géante qui chercherait, sans cesse, à les repousser plus bas dans la pente. Soudain, d'une gifle, elle décoiffe Sébastien, qui se retourne et court sur quelques mètres pour rattraper son bonnet. Il chute sur les genoux ; lorsqu'il se relève, épuisé, à bout de souffle, il ne voit plus autour de lui qu'un dense rideau de neige. Belle et le traîneau ont disparu dans la blancheur opaque.

— Belle ! Belle ! BELLE !!! crie-t-il.

Il hurle à se casser la voix, mais nul aboiement ne lui répond. Paniqué, il tourne sur lui-même, fait quelques pas. Puis il s'arrête. Il doit se rendre à l'évidence : il est perdu. Il n'a plus aucun repère, et il est seul dans l'immensité hostile.

Il se force quand même à avancer. Quand on avance, on finit toujours par arriver quelque part. Son corps, pourtant, ne lui obéit plus qu'à peine : il trébuche, tombe, se relève, recommence. Une fois, deux fois, dix fois… il ne les compte pas. Seul l'instinct de survie fait encore mouvoir ses bras et ses jambes, mais de plus en plus lentement.

La dernière chute lui paraît douce. La neige se creuse à peine sous son poids. Il ne sent plus le froid. Le sol est moelleux, et il est si fatigué… Il s'abandonne. Il sait ce qu'il risque à renoncer ainsi : il a été élevé dans ces montagnes, bercé par les récits effrayants des sauveteurs qui retrouvaient, à quelques centaines de mètres d'un abri, les corps déjà raidis des alpinistes imprudents. Il sait comment sa mère est morte. Mais à cet instant, il n'a plus la force d'avoir peur. Il voudrait juste se reposer un peu… fermer les yeux…

— Sébastien…

La voix est douce. La main qui se pose délicatement sur son visage, plus douce encore.

Comme les paupières de Sébastien sont lourdes ! Jamais il ne parviendra à les ouvrir… Pourtant, dans un effort suprême, il cligne des yeux, croit distinguer la forme d'une femme au visage doux et beau, emmitouflée de châles… C'est Lisa. C'est sa mère ! Elle est là, elle lui sourit, lui parle, lui caresse la joue :

— Sébastien… *Stai con me…*

— Maman… balbutie-t-il.

— *Non dormire, bambino mio. Non dormire…*

Il la comprend, même s'il ne sait pas comment. « Reste avec moi. Ne dors pas. »

— Maman… chuchote-t-il.

La voix s'éloigne. Sébastien ouvre les yeux : Belle l'a retrouvé et lui lèche énergiquement le visage.

— Maman… Belle ?

La chienne lâche un bref aboiement, puis, le museau levé, semble évaluer la puissance de la tempête. Le vent n'a pas faibli. Et Sébastien, qui essaie de se redresser, n'y parvient pas ; ses membres sont engourdis. Vaincu par le froid, exténué, il se laisse retomber dans la neige.

Alors Belle suit son instinct. Et se met à creuser.

10

La nuit est tombée sur la montagne. La tempête fait toujours rage. Le corps de Sébastien, inerte, se recouvre peu à peu de poudreuse. Belle mord dans le col de sa cape et, rassemblant toutes ses forces, le tire, mètre après mètre, vers la cavité qu'elle vient de creuser à l'aide de ses crocs et de ses puissantes pattes. Elle le fait rouler à l'intérieur, le pousse avec son museau jusqu'au fond, puis ressort.

Le garçon a repris connaissance. Il se recroqueville sur le sol froid et la suit du regard avec anxiété. Mais la grande chienne blanche ne reste pas longtemps dehors : quand elle réapparaît, elle traîne cette fois le panier où ses petits sont blottis sous la couverture.

Aussitôt, elle entreprend de boucher l'ouverture avec de la neige qu'elle tasse avec énergie, puis elle se couche contre Sébastien qui grelotte, le protégeant de son corps et de son épaisse fourrure. Les chiots sortent du panier et se blottissent contre eux. Tous se réchauffent lentement, tandis qu'au-dehors le vent hurle sans discontinuer…

Au matin, la tempête a cessé. Combes et sommets sont recouverts d'une couche de neige fraîche qui scintille au soleil levant comme un champ d'étincelles bleutées. Une gélinotte sautille sur cette étendue immaculée, laissant sur son passage une dentelle de fines traces.

Soudain, elle s'envole, effrayée ! Deux mains viennent de crever un petit monticule qui s'est formé durant la nuit ; c'est Sébastien qui rejette la neige de part et d'autre de la cavité creusée la veille par Belle et s'extrait de son refuge. La chienne le suit en aboyant à pleine voix. Les deux amis sont frigorifiés, couverts de givre, mais bien vivants. Sébastien se laisse tomber à genoux sur le sol et cligne des yeux, ébloui. Il regarde autour de lui comme s'il voyait ce paysage si connu pour la première fois – comme s'il venait de ressusciter. Il savoure la lumière, la chaleur, l'air vif qui emplit ses poumons.

Il a survécu à cette nuit terrible.

À leur tour, les petits patous montrent le bout de leur museau et, maladroits, se hissent en gigotant. Belle les accueille d'un grand coup de langue.

— Belle... murmure Sébastien. Tu m'as sauvé la vie. Tu nous as tous sauvés !

Elle le regarde, la tête penchée, et pousse un petit gémissement tendre. Le garçon n'en dit pas plus ; entre ces deux-là, les mots sont inutiles... ils se comprennent. Sébastien se redresse, recharge le traîneau abandonné à quelques dizaines de mètres de là et, la main en visière au-dessus des yeux, observe les alentours. Ce n'est pas facile, avec toute cette neige tombée cette nuit, mais il est assez bon montagnard pour trouver ses repères.

— Par ici ! finit-il par lancer avec un grand geste du bras qui entraîne ses compagnons.

Quelques heures plus tard, la petite troupe suit une ligne de crête qui débouche sur un large plateau enserré entre de hautes barres rocheuses.

— Regarde, Belle ! s'écrie Sébastien. On a réussi !

Et il montre du doigt un point minuscule : le refuge des Molines, niché au centre du plateau. Galvanisés, ils repartent d'un bon pas : le but est proche...

Sébastien déverrouille la porte du refuge.

11

La porte du refuge s'ouvre en grinçant.

— C'est parfait ! s'exclame Sébastien, ravi.

Pourtant, la cabane est petite et vétuste ; des débris divers traînent çà et là, et, sous une vitre brisée, la neige s'est accumulée en un tas qui monte presque jusqu'à l'appui de la fenêtre. Belle, manifestement peu convaincue, pousse un petit aboiement interrogateur. Le garçon hausse les épaules et se dirige vers la cheminée de grosses pierres. Il trouve dans l'abri de quoi démarrer le feu : vieux journaux, bûchettes bien sèches et enfin trois beaux morceaux de bois. Il craque une allumette tirée de son chargement et regarde les premières flammes lécher le bois tendre qui grésille en dégageant une légère fumée.

— On va arranger tout ça, affirme-t-il.

Quelques heures plus tard, le refuge a changé d'aspect : la fenêtre a été colmatée avec des morceaux de planches, le plancher balayé, et Sébastien a confectionné un lit de paille. Le feu crépite joyeusement. Les chiots, exténués par leur longue randonnée, dorment profondément dans leur panier installé au coin de la cheminée.

Tout en s'activant, Sébastien explique à Belle :

— J'ai un plan, tu sais. On va rester ici jusqu'au printemps. Et puis après, on passera en Italie. Là-bas, je nous trouverai un troupeau et on fera la transhumance. On gagnera de quoi vivre… L'hiver, je ferai des petits boulots. On a toujours besoin d'un commis. Et au printemps suivant… eh bien, on recommencera…

Après avoir jeté dehors les balayures et refermé la porte, il entreprend de fouiller le placard. Déception : le meuble ne contient que quelques quignons de pain dur comme de la pierre et un fond de bouteille de Génépi. Belle, les yeux fixés sur le garçon, aboie. Sébastien soupire.

— Je sais, Belle. Mais on ne peut pas rentrer. Tu les as entendus ? La loi, c'est la loi. Ils peuvent rien faire pour nous. Ni César, ni personne.

Belle se couche près de ses petits, qui escaladent ses longs poils et jouent ensemble en se chamaillant. Sébastien jette une couverture sur ses épaules et sort de sa besace toutes les provisions qu'il a réussi à emporter.

— Du fromage, du pain, des noix, des châtaignes, un saucisson, un pot de confiture, et...

Sa main plonge dans le sac et en ressort avec... un livre. *Les Trois Mousquetaires.*

— On ne va pas tenir longtemps avec ça, fait-il, déçu.

Il met quand même le livre hors de portée des petits de Belle, qui ont commencé à le dévorer.

— Arrêtez ! lance-t-il en riant. Ça ne se mange pas, ça...

Il coupe une tranche de saucisson et la tend à la chienne... qui avance la tête et dévore en deux coups de crocs le saucisson tout entier ! Sébastien ouvre des yeux incrédules en regardant le mince morceau de charcuterie qui lui reste au bout des doigts. Finalement, il se décide à le manger, savourant chaque bouchée.

— Bon. Demain, on ira chasser.

Belle renifle d'un air peu convaincu.

— Oui, je sais, on est en hiver. Mais il y a peut-être encore des lièvres, argumente-t-il, plus pour se convaincre lui-même que pour persuader son amie.

Belle, un peu rassasiée, retourne près de l'âtre et se met à lécher ses petits. Sébastien, pensif, contemple le feu. Il se sent tout à coup très seul…

— De toute façon, murmure-t-il, papa et Angelina, ils ont autre chose à penser… Ils vont faire des bébés…

Pour se changer les idées et oublier la faim qui le tenaille, il ouvre le livre au hasard, le feuillette ; une lueur d'intérêt s'éveille dans son regard alors qu'il parcourt une page, et il commence à lire à haute voix, pour Belle et les chiots qui ont levé la tête et le fixent, attentifs :

— *« C'est avec Monsieur que je me bats », dit Athos en montrant d'Artagnan. « C'est avec lui que je me bats aussi », dit Porthos. « Mais à une heure seulement », répondit d'Artagnan. « Et moi aussi, c'est avec Monsieur que je me bats », dit Aramis en arrivant sur le terrain. « Mais à deux heures seulement », fit d'Artagnan avec le même calme.*

Sébastien s'est laissé prendre par le récit. Il sourit en voyant quatre paires d'yeux tournés vers lui et continue sa lecture, tandis que la nuit tombe autour du refuge et que quelques flocons volettent encore dans l'air glacial…

12

Au village, César s'est installé à la mairie. Un annuaire sur les genoux, il est suspendu aux lèvres d'Urbain, qui passe coup de téléphone sur coup de téléphone.

— Si vous les voyez, vous me rappelez tout de suite, d'accord ? insiste le maire. Un grand patou, un garçon de douze ans, trois chiots… Oui, comme vous dites, ce n'est pas ordinaire… mais surtout vous ne lui dites rien, au gamin, compris ? Discret, c'est ça. Il faut être discret.

Il raccroche, regarde César et secoue la tête, l'air navré. Cette fois encore, pas de nouvelles. Il pointe du doigt l'annuaire et dit :

— Suivant.

Le doigt du berger descend le long d'une ligne. Son visage est creusé par l'angoisse, son front paraît plus ridé.

— Ça fait trois jours...

— Pourquoi tu ne préviens pas son père et Angelina ? l'interroge le maire.

— J'arrive pas à les joindre...

— Alors on continue, il n'y a que ça à faire.

Il se penche par-dessus l'épaule de César.

— Suivant, Saint-Vincent-sur-Jabron. Je les appelle.

Non loin de là, dans la salle de classe, les enfants écrivent sous la dictée du maître qui articule exagérément chaque mot :

— Des moutons... étaient en sûreté... dans un parc... Je répète : des mou-tons...

Marie n'écoute pas. Elle regarde la place vide à côté d'elle. Puis la fenêtre aux vitres étoilées de givre. De son porte-plume, une grosse goutte d'encre tombe et s'écrase sur son cahier sans qu'elle y prête attention...

Qu'a-t-elle vu, Marie ? Ou deviné ? Que sait-elle ?

Elle semble ailleurs.

Très loin.

Pendant la récréation, la disparition de Sébastien est l'unique sujet de conversation. Hector prend un air horrifié pour annoncer :

— Moi, mon père, il dit qu'il est mort… qu'on ne peut pas survivre là-haut avec la tempête.

À ces mots, Marie se fige. Elle est devenue toute pâle. Sans se faire voir, elle s'écarte du groupe des enfants et file vers la barrière de l'école, qu'elle pousse avant de détaler en courant vers la mairie. La fillette grimpe les marches du perron et pénètre dans un couloir où s'alignent plusieurs portes. Par l'une d'entre elles, entrouverte, elle entend la voix d'Urbain, très lasse.

— Merci, Hubert. Oui, surtout tu me tiens au courant si tu entends parler de quoi que ce soit.

Sans faire de bruit, Marie s'approche et regarde à l'intérieur de la pièce. Le maire vient de reposer le combiné du téléphone sur son socle. Il a les traits tirés. En face de lui, César, le dos voûté, raye une dernière ligne sur une liste.

— C'était le dernier, soupire Urbain. On a appelé tous les villages à quarante kilomètres à la ronde.

César, épuisé, laisse tomber sa tête sur ses mains jointes et se frotte les paupières.

Qu'a-t-elle vu, Marie ? Ou deviné ? Que sait-elle ?
Elle semble ailleurs. Très loin.

— Dis-moi qu'il y a encore quelque chose à faire, supplie-t-il.

Soudain, il cligne des yeux, devinant une présence : celle de la fillette immobile, tétanisée, dans l'encadrement de la porte, à demi dissimulée par le battant.

Marie. Pourquoi est-elle là ? Est-elle seulement inquiète pour son ami ou bien…

Dans le cœur du vieux berger, un petit espoir renaît. Oui, il y a peut-être encore quelque chose à faire… Haussant la voix, d'un ton dramatique, il s'adresse à Urbain :

— Tu imagines, là-haut ? Il fait moins trente, la nuit… Avec la neige, tu ne peux même pas faire de feu… C'est une vraie torture… mourir de froid…

Un coup d'œil furtif vers la porte. La petite silhouette ne bouge pas. Alors César en rajoute :

— Et s'il y a une avalanche ? S'il est tombé sur un loup ?

Il se tait. Laisse sa phrase, et les images qu'elle éveille, faire son effet. Urbain, lui, imagine très bien le calvaire du pauvre gamin et pâlit.

La porte grince. Marie se dévoile enfin, les yeux baissés, muette, des larmes sur les joues. La voix de César se fait douce.

— Marie… tu sais où il est ?

— Oui, répond-elle très bas.

Elle prend une grande inspiration, comme pour se donner du courage.

— La première fois que cet homme est venu au chalet… Sébastien a eu très peur. Il n'a pas dormi de la nuit. C'est lui qui me l'a dit, le lendemain, à l'école. Il m'a dit aussi que si Joseph revenait pour lui prendre Belle et ses petits, il s'enfuirait avec eux. Qu'il se cacherait très loin. Je ne me souviens plus bien… Il a parlé d'un endroit où il était passé cet été, quand vous faisiez la transhumance… Alors, j'ai pensé que vous… peut-être… vous savez où c'est…

Et elle éclate en sanglots.

13

Belle et Sébastien sont tapis dans la forêt, aux aguets. Le garçon, bien emmitouflé, tient un lance-pierre dans lequel il a posé un caillou rond ; il observe avec concentration l'étendue enneigée. Quelques traces attirent son attention : un lièvre, probablement. Un doigt posé sur ses lèvres, il tourne la tête vers Belle qui a décelé, elle aussi, la piste prometteuse.

Personne ne bouge… et soudain, l'animal détale ! Aussitôt, Belle s'élance et le prend en chasse dans un nuage de poudreuse ! Elle est rapide, mais moins que le lièvre qui, en quelques bonds, regagne l'abri d'un buisson, puis se faufile dans le sous-bois et disparaît. Sébastien a décoché sa pierre qui a heurté un tronc et est retombée dans la neige où elle a laissé une marque noire.

Un peu plus loin, c'est un renard que les deux amis pistent sans plus de succès. Essoufflés et bredouilles, le garçon et la chienne reviennent d'un pas fatigué vers le refuge. Il fait toujours aussi froid, le vent souffle en rafales. Sébastien se hâte de ranimer le feu et de calfeutrer toutes les ouvertures. Puis il met à chauffer une casserole pleine de neige fondue et, quand l'eau se met à bouillir, y jette des lichens et des herbes dures qu'il a ramassés sur le chemin, faute de mieux, en grattant la neige.

— Soupe d'herbes, annonce-t-il, feignant la gaieté. Pendant la guerre, ils ne mangeaient que ça. Pas la guerre quand j'étais petit, l'autre, celle d'avant, dans les tranchées. C'est César qui m'a raconté.

Il touille le mélange avec une cuillère en fer-blanc, puis goûte sa soupe… et ne peut s'empêcher de faire la grimace.

— C'est dégueulasse…

Attrapant la bouteille de génépi, il l'ouvre et boit, au goulot, une longue gorgée, mais l'alcool, trop fort, le fait tousser. Belle le regarde d'un air désapprobateur.

— Quoi ? lance-t-il. D'accord, c'est dégueulasse aussi…

Vexé, dépité, il délaisse sa marmite pour se replonger dans son livre, malgré ses crampes d'estomac. Il a faim, oui… mais pas encore au point de manger *ça* !

Et les aventures de d'Artagnan sont vraiment passionnantes…

Au milieu de la nuit, Sébastien, qui s'est endormi devant la cheminée, se réveille en sursaut : Belle lui donne de petits coups de museau dans le dos. Il ouvre les yeux : le feu s'est éteint, il fait noir comme dans un four.

— Arrête… Laisse-moi… grogne-t-il en se retournant.

Mais la chienne insiste. Crochant la manche du garçon, elle tire. Manifestement, elle veut qu'il aille voir ses petits. Sébastien se lève en trébuchant et, les yeux gonflés de sommeil, se penche sur le panier. L'un des chiots semble avoir du mal à respirer. L'enfant allonge le bras, tâte la petite truffe.

— Il est bouillant. Il a dû prendre froid…

Sébastien se redresse, va chercher la couverture et en enveloppe le petit patou qu'il se met à bercer avec tendresse, sous le regard inquiet de Belle qui suit avec attention chacun de ses gestes.

— Il tousse... Il va falloir le soigner. Ne bouge pas, Belle, surveille-le. Je vais rallumer le feu...

Dans les cendres, quelques braises rougissent encore ; la flambée reprend en quelques minutes. Sébastien dresse un monticule de bois et remet à chauffer la casserole de « soupe » qu'il n'a pas mangée le soir. Il y ajoute d'autres herbes, qui pendent en bottes aux solives du refuge. Quand la vapeur s'élève, il reprend le chiot dans ses bras et le tient au-dessus du liquide bouillant.

— Il y a du millepertuis, de la menthe poivrée et de la sarriette, explique-t-il doctement à Belle. Ça va empêcher que ça se transforme en bronchite. Et aussi, il faut le faire boire. Beaucoup.

Quand le « traitement » s'achève, il recouche le chiot près de sa mère et lui présente un bol d'eau. Mais le malade refuse de boire. Le tout nouveau médecin fronce les sourcils : son patient n'est pas très coopératif. Et il continue à tousser.

— Il faut boire, allez ! l'encourage-t-il. Angelina m'a toujours soigné comme ça !

Nouveau refus. Sébastien soupire et pose le bol par terre, puis va remettre du bois dans la cheminée. Belle se met à lécher le pelage ébouriffé, avec tendresse et énergie.

— C'est ça, dit l'enfant, pas vraiment convaincu. Faut le garder au chaud et attendre… Ça va aller !

Il ne croit pas, à cet instant, ce qu'il dit. La peur, insidieusement, s'est glissée en lui.

14

— Le refuge des Molines ! s'écrie César en sortant de la mairie au pas de charge, suivi par Urbain. Bien sûr ! J'aurais dû y penser plus tôt ! Sébastien a adoré cet endroit, cet été.

— Comment on va faire ? l'interroge le maire.

Le berger, toute son énergie retrouvée, se moque :

— C'est peut-être le moment de la sortir, ta 4 CV, non ?

Urbain hésite, puis finit par acquiescer. César se permet un petit sourire victorieux. Tous deux contournent le bâtiment. Ils n'ont pas vu Joseph qui, dissimulé derrière une charrette, les épiait et a surpris leur conversation. L'homme tire une dernière fois sur

sa cigarette avant de la jeter et de s'éloigner d'un pas tranquille.

Il sait ce qu'il voulait savoir.

Et il est sûr, désormais, d'obtenir ce qu'il veut.

Dans sa Jeep, il a tout le matériel qu'il lui faut…

***

Au refuge, Sébastien soigne le chiot avec tendresse. Celui-ci a déjà subi plusieurs fumigations, mais il tousse toujours. Une dernière fois, le garçon lui fait respirer la vapeur d'eau saturée du parfum des plantes sauvages.

— Les dernières feuilles de menthe… se lamente Sébastien. Et ce n'est pas en cette saison qu'on va en trouver !

Il se reprend aussitôt, comme soucieux de ne pas alarmer Belle.

— Ça devrait suffire. Je suis sûr qu'il a déjà moins de fièvre.

Touchant la truffe du petit animal, il constate pourtant, désolé, qu'elle est encore brûlante.

— Il faut au moins deux ou trois jours… Ça va aller, Belle, je t'assure. Il est costaud, il tient de sa mère.

Il caresse longuement la tête de la grande chienne blanche. Autour d'elle, les deux autres petits, inconscients du drame qui est en train de se jouer, gambadent joyeusement.

Dehors, la neige s'étend à perte de vue. Ils sont seuls dans la montagne… bien seuls.

***

Sur la route qui s'élève en lacet vers les sommets, la belle voiture neuve d'Urbain roule à petite vitesse.

— Rassure-moi, lui lance son passager. Il y a bien un moment où tu vas accélérer, non ?

César bout d'impatience. Cela fait des heures, lui semble-t-il, qu'ils sont partis. Le maire a tellement peur d'abîmer son véhicule qu'il le conduit comme un convoi mortuaire !

— C'est pas sur le frein qu'il faut appuyer pour aller plus vite, ronchonne le berger.

— Tu vois bien que la route est glissante ! s'exclame Urbain, accroché à son volant.

— Si j'avais su, j'aurais pris un âne, je serais allé plus vite…

Une sèche détonation interrompt les récriminations du vieil homme : un pneu vient d'éclater. La 4 CV zigzague avant de s'immobiliser sur le bas-côté, à la limite du ravin.

— Mais c'est pas vrai ! s'écrie César, exaspéré.

Urbain s'extrait de la voiture et le prévient :

— Ne sors pas de ton côté ! Tu vas tomber dans le vide !

César rampe sur la banquette avant et sort à son tour.

— La roue de secours, vite !

— C'est ta faute aussi… râle Urbain. Tu me fais conduire comme un dératé…

César a déjà fait le tour du véhicule et ouvert le coffre. Il pose la roue contre la carrosserie et se plante devant son ami, les poings sur les hanches.

— Tu sais où on est, là ?

Urbain renifle et hausse les épaules. Il sent que rien de ce qu'il pourra dire ne calmera le berger.

— Euh, je dirais quelque part entre Rougemont et Larcueil…

— C'est-à-dire nulle part. On est NULLE PART ! Voilà où on est, mon vieux !

Le cri de César, amplifié par la paroi rocheuse, paraît résonner dans toute la vallée. Joseph, posté sur un surplomb d'où les deux hommes ne peuvent le voir, ricane doucement et range dans la Jeep son fusil. Il a réussi un beau tir : voilà les deux « sauveteurs » hors jeu pour un bout de temps…

Pour lui, maintenant, la voie est libre. En contrebas, César et Urbain se disputent toujours. Le maire ne semble pas savoir quoi faire de son cric ; ses yeux vont de l'outil à la roue, et une expression de profonde perplexité se dessine sur son visage.

— Rassure-moi encore… ironise César, tu as déjà changé une roue ? Quand tu as acheté la voiture, ils t'ont expliqué comment faire ?

Le silence de l'autre est éloquent. César lève les yeux au ciel et s'empare du cric, décidé à prendre les choses en main…

— C'est pas vrai ! Mais c'est pas vrai ! répète-t-il, partagé entre la fureur et l'inquiétude. Quel empoté !

15

Au matin, la fièvre du chiot a fini par tomber ; Sébastien, avec précaution, le recouche à côté des autres et couvre le panier.

— Il va beaucoup mieux, chuchote-t-il à Belle. Il est presque guéri…

La chienne lui lèche la main. Soulagé, le garçon se penche pour la caresser mais un éblouissement le force à s'asseoir : il n'a presque rien avalé depuis trois jours et son corps le trahit. Belle est plus forte, mais elle aussi doit souffrir de la faim, se dit-il. Même si elle ne se plaint pas et ne quémande pas de nourriture… Il ferme les yeux un instant, les rouvre, cligne des paupières.

— Faut que je mange… et toi aussi. Viens, ma Belle, on va essayer de trouver quelque chose… Et t'inquiète pas, on sera revenus avant qu'ils se réveillent.

Avec des gestes lents et maladroits, il s'habille, passe ses grosses chaussures de montagne, la cape de berger. Il a l'impression d'avoir quatre-vingt-dix ans, le moindre mouvement lui coûte. Puis il ouvre la porte du refuge, sort, suivi de Belle, et la referme sans bruit.

— On va y arriver, répète-t-il, farouche, en se mettant à marcher péniblement dans la neige.

Belle le pousse du museau ; il s'arrête, la regarde. Elle a une idée, il le sent. Il sait à quel point son instinct de survie est fort. Il doit la suivre... même s'il se demande ce qu'elle a en tête !

La chienne le conduit vers un petit lac gelé, à une centaine de mètres de leur abri. Pour arriver là, il leur a fallu du courage, car tous deux sont affaiblis. Et voilà que Belle s'avance sur la glace ! Sébastien, prudemment, pose un pied sur la surface gelée... puis un autre...

— Bon, je vois ce que tu as en tête, dit-il. Mais tu es sûre ? César, il dit que ça craque comme un rien...

La chienne lance un aboiement autoritaire. Oui, elle est sûre d'elle, Sébastien le comprend.

Faute de pouvoir chasser, ils vont pêcher la nourriture qui leur est indispensable. Car maintenant, pour eux comme pour les chiots, c'est une question de vie ou de mort…

***

Joseph a garé sa Jeep sous le refuge des Molines, histoire de ne pas être vu… pas tout de suite, en tout cas. Il tient à l'effet de surprise. Sans se presser, il sort de son véhicule, prend son fusil et s'avance vers le refuge. Au moment de poser la main sur la clenche de la porte, il marque une petite pause, pour mieux savourer l'instant. Ce sale gosse qui croyait l'avoir berné va regretter son insolence !

Il pousse le battant. La maisonnette est plongée dans la pénombre.

Sébastien n'est pas là, ni Belle. Joseph grince des dents. Mais les chiots, effrayés par son intrusion, ont quitté leur panier, sauf le petit malade qui se recroqueville sous la couverture.

L'homme fait trois pas, se baisse, attrape un petit par la peau du cou ; il gigote, mais son ravisseur a une poigne de fer. Le deuxième patou s'est réfugié, tremblant, derrière un banc poussé contre le mur. Joseph n'a aucun mal à l'attraper. Il remet les fugitifs dans le panier et rajuste la couverture pour empêcher toute nouvelle tentative d'évasion.

Un rictus apparaît sur ses lèvres. Finalement, l'absence du garçon et de la chienne l'arrange. Maintenant, il tient son appât.

Il n'a plus qu'à attendre que Sébastien, et surtout Belle, tombent dans son piège…

***

Sébastien a percé un trou dans la glace et pêche avec une ficelle, comme cela se pratique dans le Grand Nord. Il a tordu un bout de fil de fer en guise d'hameçon et y a accroché un reste de peau de saucisson.

Belle voudrait bien pêcher, elle aussi. À travers la glace, elle a aperçu l'ombre d'un poisson qu'elle tente d'attraper, mais elle ne peut que racler la surface de ses puissantes griffes. Le garçon éclate de rire et lui ordonne de rester tranquille : à s'agiter ainsi, elle va effrayer leurs proies ! Belle obéit et se couche près de lui. Un long moment passe, et Sébastien commence à se décourager. Il a froid, il a de plus en plus faim.

Soudain, le fil se tend : une prise ! Il retire de l'eau glacée un bel omble chevalier.

— Regarde ! lance-t-il joyeusement à Belle. Avec ça, tu vas te régaler !

Belle happe le poisson, qu'elle gobe d'une seule bouchée – comme elle l'avait fait du saucisson. Sébastien secoue la tête en soupirant.

— On avait dit qu'on faisait des réserves… Bon, on continue.

Une heure plus tard, il a pêché cinq poissons, truites et ombles, qu'il enfile par les ouïes sur un bâton long et mince. C'est l'assurance de ne pas mourir de faim pendant au moins deux jours. Le froid permettra à ses prises de se conserver. C'est donc rasséréné qu'il reprend le chemin du refuge, flanqué de Belle. Mais à l'approche de la maisonnette, la chienne se met à grogner.

— Qu'est-ce qu'il y a, Belle ? Tu as senti quelque chose ? C'est César, tu crois ?

Sébastien hâte le pas : non, Belle ne réagirait pas ainsi à la présence de César… elle a donc flairé un danger. Il sent l'angoisse lui serrer la gorge. En vue du refuge, il laisse échapper un cri : il vient d'apercevoir la Jeep. Il se met à courir, tandis que Belle pousse un grondement féroce et bondit en avant.

– Regarde ! Avec ça, tu vas te régaler !

Joseph est au volant, accoudé à la portière. Il a baissé sa vitre. Le moteur ronronne, et le panier des chiots est posé à l'arrière, arrimé mais bien en vue. Une bâche le couvre en partie. En voyant l'enfant et la chienne surgir dans son rétroviseur, il ne peut s'empêcher de sourire. Jusque-là, tout se déroule comme il l'avait prévu.

— Belle ! crie Sébastien.

La grande chienne blanche court vers ses petits. La neige molle l'empêche de donner toute sa mesure mais elle a déjà distancé le garçon quand celui-ci comprend ce qu'elle va faire – ce que Joseph attend, patiemment, qu'elle fasse…

— Belle ! Non !

Au son de la voix du garçon, la chienne a marqué une infime hésitation. Affolée, tétanisée, elle regarde Sébastien, la Jeep, le panier…

— Belle !

Trop tard : l'instinct maternel est le plus fort. Belle prend son élan, couvre en quelques foulées la distance qui la sépare encore de la Jeep et, d'un bond formidable, saute à l'arrière. Joseph, qui la guettait, actionne un levier et une grille métallique se referme sur elle.

La bâche dissimulait une cage, et le piège soigneusement préparé vient de se refermer !

Sébastien, en larmes, tombe à genoux dans la neige alors que le véhicule démarre et s'éloigne en cahotant.

— Belle, ma Belle, gémit-il d'une voix enrouée.

La chienne, qui avait plongé son museau dans le panier, relève la tête : ils échangent un regard désespéré. Un long regard, comme un adieu. Jusqu'à ce que la Jeep disparaisse dans le premier virage...

16

César a fini par prendre le volant – ou plutôt par éjecter Urbain du siège du conducteur. Sur la route gelée, il conduit comme un pilote de course, faisant crisser les pneus de la 4 CV qui dérapent et glissent dans les virages. Le maire, affolé, tente de le calmer :

— César ! Arrête ! Tu vois bien que la voiture ne pourra pas aller au bout… C'est pas un chasse-neige, quand même… César ! Tu vas me démolir ma boîte de vitesses !

Le berger ne répond pas, pile, ouvre la portière à la volée et saute hors de la voiture.

— César ! crie Urbain dans son dos. Ne fais pas ta tête de mule…

Il s'époumone en vain : César file aussi vite qu'il peut sur le sentier enneigé qui mène au refuge. Il n'est pas loin de son but quand il entend un bruit de moteur et s'immobilise : la Jeep de Joseph vient d'apparaître dans le virage, cahotant sur les profondes congères.

Le berger a compris. Il n'est que trop facile de deviner ce que l'homme est venu faire aux Molines ! A-t-il osé enlever Sébastien ? En ce cas, sa peau ne vaudrait pas cher…

César se plante au milieu du sentier, les bras étendus. Mais Joseph ne ralentit pas, bien au contraire. Son pied écrase l'accélérateur, tandis que ses doigts se crispent sur le volant.

Qui va céder le premier ? Dans les regards qui s'affrontent à distance, à travers le pare-brise embué, on peut lire la même détermination farouche. De plus en plus vite, les chenilles mordent la neige… plus près… toujours plus près…

Au tout dernier instant, César se jette hors du sentier : il a compris que l'autre ne renoncerait pas. Qu'il lui passerait sur le corps plutôt que de s'avouer vaincu…

Frottant son avant-bras meurtri, le berger se relève avec peine. La Jeep continue son chemin. Il a eu tout juste le temps d'apercevoir Belle dans la cage arrimée à l'arrière… mais pas de Sébastien. S'il se trouve dans le véhicule, il doit être couché et ligoté… inconscient peut-être… assommé ? César pousse un hurlement de fureur et d'angoisse et fonce en boitillant vers le refuge.

La porte est fermée. D'un coup d'épaule, il la repousse et scrute la pénombre. Le feu est éteint. Dans un coin, Sébastien, prostré, pleure à chaudes larmes. Soulagé de le retrouver sain et sauf, le vieil homme se précipite et le prend dans ses bras pour le serrer contre lui. Il a eu si peur !

— Belle… ses petits… Je lui avais promis de les protéger, balbutie Sébastien entre deux sanglots.

— Tu as fait de ton mieux. C'est ma faute, répond César, accablé.

— Il va la tuer… je suis sûr qu'il va la tuer. Pour lui faire payer.

Impuissant devant ce chagrin, son grand-père ne peut que l'étreindre plus fort et le bercer en chuchotant des paroles qui se voudraient rassurantes.

Mais, pas plus que Sébastien, il n'est rassuré.

L'enfant a fini par se calmer. Il a rallumé le feu et, assis près de César, lui bande le poignet. Le berger se fait des reproches.

— Ce Joseph... il m'a suivi... Il a toujours eu un coup d'avance... Je suis trop vieux, conclut-il, découragé.

— Non, c'est moi qui suis trop petit, soupire Sébastien.

Il finit d'ajuster la bande, tandis que César semble plongé dans ses réflexions. Enfin, celui-ci reprend la parole, les mâchoires serrées :

— On va aller les chercher. Chez lui. Hors de question de se laisser faire !

— Non, on ne va pas se laisser faire ! lui fait écho le garçon, dont le visage a repris des couleurs et le regard de la vivacité.

Il faut si peu de choses pour faire renaître l'espoir chez un enfant ! Le cœur du berger se serre : sera-t-il à la hauteur de la confiance qu'il lit dans les yeux de son petit-fils ? Tournant la tête, il constate que Sébastien a aménagé de son mieux son abri : le sol est balayé, une couverture devant l'âtre sert de tapis, une casserole pleine d'eau chantonne sur le feu.

— Trop petit ? dit-il avec malice. Pour un petit, tu as fait du sacré bon boulot !

Cette fois, le garçon lui offre son plus beau sourire.

— Je peux être utile, tu vois.

César, qui ne comprend pas le sous-entendu de cette remarque, fronce les sourcils, perplexe. Son petit-fils ne le laisse pas s'interroger longtemps et continue :

— Pourquoi tu les laisses m'emmener au Canada ?

Il a presque crié la question. Cela fait trop de temps qu'elle lui brûle les lèvres ! Il n'en pouvait plus, de se taire…

— J'étais sous la table, au mariage, poursuit-il, accusateur, quand vous en parliez avec Pierre et Angelina. J'ai tout entendu. Pourquoi tu les laisses m'emmener au Canada ?

Désemparé, le grand-père bredouille :

— La… la place des enfants, c'est avec leurs parents…

— Mais toi, tu es plus que mon grand-père, rétorque Sébastien avec une sincérité qui émeut le berger.

— Oui, mais je suis pas ton père. Ton père, c'est Pierre… plaide-t-il, à peu près convaincu de l'inutilité de ses efforts. Avec lui, tu vas voyager. Moi, j'aurais rêvé de faire ça, à ton âge.

Il se heurte à la logique implacable de l'enfant.

— Mais moi, je suis pas toi.

Que dire ? César fait une dernière tentative, assez piteuse.

— Tu sais, il y a des bergers au Canada.

La réponse fuse aussitôt :

— Moi, ce que je veux, c'est être berger ici. Avec Belle. Avec toi. Si je pars, ça ne sera plus jamais comme avant.

— C'est vrai, dit César, pensif.

Il pose une main sur la tête ébouriffée et caresse maladroitement les cheveux de Sébastien.

— Mais peut-être que ce sera mieux, murmure-t-il d'une voix douce.

Le garçon n'a pas le temps de protester : la porte s'ouvre et tous deux bondissent, prêts à se battre. Mais ce n'est qu'Urbain, écarlate, essoufflé. La montée a été raide pour un homme qui ne sort presque jamais de son bureau !

— J'ai fait aussi... vite que j'ai pu, halète-t-il.

Sans lui laisser le temps de s'asseoir, César lampe une gorgée de génépi au goulot de la bouteille, réendosse sa veste et lance :

— On y va !

Sébastien lui emboîte le pas ; tous deux sortent du refuge sous les yeux exorbités du maire qui supplie :

— Quoi ? Déjà ? Alors... on ne se repose pas un peu ? Attendez-moi !

17

La maison de Joseph se dresse sur une petite colline surplombant le village d'Ormières. Toute proche du cimetière, d'aspect sinistre, elle est entourée d'une grande cour ceinte d'une barrière. Accolée au mur de l'habitation, une cage a été placée. C'est là que Belle et ses petits sont enfermés.

Joseph, armé d'un bâton, rôde devant la cage, provoquant la colère de la chienne qui aboie furieusement. Avec un rire mauvais, il prend plaisir à ce jeu cruel, s'approchant tout près des barreaux, ébranlant le métal à coups de pied, puis se reculant à la dernière seconde.

Il veut que Belle comprenne qu'elle ne peut rien contre lui. Il veut la soumettre. Définitivement.

Il veut que Belle comprenne qu'elle ne peut rien contre lui.

Les chiots, collés à leur mère, mêlent leurs voix à la sienne. Joseph ricane. Pauvres petites choses ! Ça ne pèse rien et ça veut montrer les dents ! Eux aussi, il saura les dresser... ou il en tirera un bon prix !

Hilare, il s'adresse à Belle :

— Tu n'es pas contente d'être revenue à la maison ?

D'un seul coup, son bras se détend et le bâton cogne violemment contre les barreaux. Belle gronde et se met devant ses petits pour les protéger.

— Tu es toujours aussi coriace, constate Joseph.

Nouveau coup. Belle tressaille.

— Ça tombe bien, moi aussi... Allez, profite bien de tes petits. Ça ne va pas durer longtemps... c'est moi qui te le dis...

***

La 4 CV d'Urbain n'a sans doute jamais atteint pareille vitesse : c'est César qui conduit, pied au plancher. Le maire, terrorisé, se cramponne à la poignée de la portière.

— Tu avais raison, clame le berger. C'est un bijou, cette voiture !

Urbain, ferme les yeux, résigné à finir dans un fossé…

— Et… et une fois à Ormières, bredouille-t-il d'une voix blanche, c'est quoi votre plan ?

— Comme les mousquetaires ! crie Sébastien depuis le siège arrière. On fonce dans le tas !

— C'est à la limite de la loi, précise César qui a un peu ralenti. Ça te pose un problème ?

Urbain regarde son ami. Celui-ci semble tout à coup rajeuni, plein de fougue. Dans le rétroviseur, il croise le regard de Sébastien. L'enfant a les yeux brillants. Alors Urbain sent, en lui aussi, la jeunesse renaître, et l'esprit d'aventure. Il lâche sa poignée.

— Aucun !

Puis il tape sur l'épaule de César.

— Alors, qu'est-ce que tu fais ? Accélère !

La voiture passe en trombe devant le panneau indiquant Ormières. Le village est plus grand que Saint-Martin ; César avance dans la rue principale, puis décide de garer le véhicule.

— On va commencer par là, dit-il.

Tout le monde sort. Les jambes d'Urbain flageolent bien un peu, mais il se sent plus vaillant.

— Tu prends le côté gauche de la rue, ordonne César. Moi le droit. On va trouver ce type.

Ils commencent leurs recherches. Mais personne, dans les maisons où ils frappent, n'ouvre sa porte…

Pendant ce temps, Sébastien, qui s'est un peu éloigné, entre dans une ruelle d'où s'échappe une odeur délicieuse, celle des miches de pain encore chaudes. Le boulanger est en train de charger sa camionnette pour partir faire sa tournée. Avant de refermer les portes, il retourne dans l'arrière-boutique ; le garçon l'entend passer un bon savon à son apprenti.

— Mais non, pas comme ça ! Ce n'est pourtant pas difficile… Il fallait bouler serré, je te l'ai dit cinquante fois ! Et les coups de lame, ils sont où ? Je fais quoi, moi, maintenant ? Faut livrer, et il y en a la moitié qui est déjà croûté…

L'estomac de Sébastien réclame : cela fait maintenant plusieurs jours qu'il n'a presque rien mangé. Silencieusement, il s'approche de l'estafette et dérobe une miche, puis tourne les talons et s'éloigne en courant. Mais avant qu'il ait eu le temps de porter le premier morceau de pain à sa bouche, il se fige : au bout de la ruelle, un grand patou blanc vient d'apparaître. Son cœur s'affole.

— Belle ?

Au son de sa voix, le chien tourne la tête. Ce n'est pas Belle : son œil droit est entouré d'un cercle noir. Pourtant, Sébastien marche vers lui… Quand il arrive au coin, il voit que César a enfin réussi à se faire ouvrir une porte. Il est en train de décrire Joseph à la villageoise :

— Habillé en noir… Il fume des cigarettes américaines. Il conduit un gros véhicule avec des chenilles… comme une Jeep de l'armée. Mais ce n'est pas un militaire…

La femme semble effrayée. Elle se contente de secouer la tête avant de refermer sa porte sans un mot.

Le chien à la tache noire a poursuivi son chemin, et Sébastien, sans plus se préoccuper des deux adultes, lui emboîte le pas.

Le grand patou longe la rue sans se presser et, arrivé devant l'école, se faufile par une porte entrouverte. Le garçon entre à sa suite. Devant lui, un couloir qui ressemble à celui de toutes les écoles de France : à sa gauche, des porte-manteaux où sont accrochées les vestes, les capes et les bérets des élèves, à sa droite, des portes vitrées ouvrant sur les salles de classe. Le chien semble être un familier des lieux. Sébastien, sans le quitter du regard, se courbe pour ne pas être aperçu.

Au passage, il entend une bribe de leçon : « Oui, Mathieu, Van Gogh s'est coupé l'oreille. Alors, quels peintres sont exposés au musée du Louvre ? »

Au bout du couloir, le chien tourne à gauche, puis monte un escalier. En haut des marches, il entre dans une pièce dont la porte n'est pas fermée. Sébastien a pressé le pas pour le rejoindre : il se retrouve dans un petit salon douillet et accueillant. En face de lui, une bibliothèque pleine de livres ; à sa gauche, un canapé sur lequel est posé un tricot commencé. Un panier est rempli de pelotes de laine de couleurs gaies.

Le grand chien se tient au beau milieu de la pièce, sur le tapis. Sébastien s'approche, le caresse. Le patou le renifle, puis lui lèche la main.

— Qu'est-ce que je fais là, moi ? s'interroge-t-il à haute voix.

— J'aimerais bien le savoir aussi ! s'exclame une voix féminine.

Sébastien sursaute et se retourne, découvrant une petite dame d'une soixantaine d'années, aux joues rondes, aux beaux cheveux bouclés et aux yeux bleus.

— Qu'est-ce que tu m'as volé ? lance-t-elle d'un ton accusateur.

– Attendez ! Je cherche Joseph. Il m'a volé ma chienne !

— Rien !

— Menteur…

— Je vous jure. C'est votre chien qui m'a amené ici.

— Mon chien ? s'étonne la femme. Qu'est-ce que tu as encore fait, Alba ?

Alba aboie et se met à tourner autour de l'enfant, le flairant, le léchant, le bousculant avec une subite affection.

— Ou plutôt, qu'est-ce que TU lui as fait ? continue l'occupante des lieux. Elle n'est pas comme ça, d'habitude…

— Je ne lui ai rien fait, je vous jure…

— Bon, ça suffit. J'appelle les gendarmes.

— Attendez ! crie Sébastien, affolé. Je cherche Joseph. Lui, il m'a volé ma chienne !

— Je ne comprends rien… Quelle chienne ?

Le garçon montre Alba.

— Elle lui ressemble. Juste, elle n'a pas l'œil noir. Il dit qu'elle est à lui, mais c'est pas vrai…

Le regard de la femme s'est adouci.

— Ta chienne, tu ne l'aurais pas trouvée il y a plus de quatre ans ? Pendant l'été 43 ?

Sébastien, stupéfait, ouvre de grands yeux.

— Comment vous le savez ?

— Alba est sa mère. Je comprends maintenant pourquoi elle te renifle comme ça…

— Oh… C'est la mère de Belle !

Cette fois, la petite dame sourit franchement. Elle a un très joli sourire.

— Tu l'as appelée Belle ? Ça lui va bien… Moi, je m'appelle Madeleine.

18

Alba sur leurs talons, l'institutrice et le garçon sont sortis de l'école et parcourent les rues du village à la recherche de César. Sébastien a tout raconté à Madeleine. Se confier lui a fait du bien ; et surtout, il a très vite compris qu'il avait trouvé, enfin, une alliée. Madeleine est de son côté.

En approchant de la place, ils entendent un appel angoissé.

— Sébastien ! Sébastien !

— Ça, c'est mon grand-père, indique le garçon.

— Sébastien ! clame une autre voix.

— Et ça, c'est le maire de Saint-Martin…

Les deux hommes sont sur la place du village. En apercevant Sébastien, César s'exclame :

— Mais tu étais où ? On t'a cherché partout ! Nous…

— Bonjour ! le coupe Madeleine d'un ton ferme.

— Pardon, madame, s'excuse le berger. Mais j'étais inquiet pour le petit.

Il lui tend la main.

— Bonjour. Je m'appelle César.

— Il n'est pas petit ! rétorque Madeleine, péremptoire. Il a onze ans.

— Douze, précise Sébastien.

— Je m'appelle Madeleine, dit l'institutrice en serrant la main tendue.

César baisse les yeux vers la chienne et fronce les sourcils.

— Ce n'est pas Belle, dit Sébastien. C'est sa mère.

— La mère de Belle ? s'étonne César.

— Oui, répond ironiquement Madeleine. Pas la mienne, vous vous en doutez.

Un éclair d'humour passe dans les yeux du berger. Il a compris qu'il avait affaire à une femme de caractère !

— On cherche… commence César.

— Je sais.

— Et vous savez où…

Une fois encore, elle ne le laisse pas finir sa phrase.

— Suivez-moi.

Quelques minutes plus tard, cinq silhouettes se faufilent entre les arbres, à l'écart du chemin qui mène au cimetière et à la maison de Joseph, où ils se trouveraient à découvert. Quatre humains, un chien. Silencieux comme des ombres.

Le bâtiment où Belle et ses petits sont retenus prisonniers se dresse au-dessus du village comme une forteresse imprenable. Sébastien frissonne, pas très rassuré. Pourtant, il ne reculerait pour rien au monde.

— Ça fait longtemps que vous le connaissez, Joseph ? chuchote César en venant se placer à la hauteur de Madeleine, qui le précédait.

— Il est arrivé avant la guerre, le renseigne-t-elle. Il creuse les tombes.

— Fossoyeur, marmonne le berger. Tout un programme…

Sébastien écoute. Fossoyeur. Son ennemi est fossoyeur. Il enterre les morts. C'est encore plus effrayant. Il l'imagine en train de jeter des pelletées de terre sur un cercueil quand un hurlement le fait sursauter. C'est Belle. Il la reconnaît ! Il se fige aussitôt, le cœur battant, les mains moites.

— Elle t'a senti, murmure Madeleine qui se penche pour caresser Alba. Et toi aussi, tu l'as sentie, n'est-ce pas ?

La grande chienne frémit ; Madeleine la prend par le collier pour la retenir. Inutile qu'elle donne l'alerte trop tôt.

Belle hurle à nouveau, longuement. Sa lamentation est presque couverte par les vociférations de Joseph.

— Tu vas te taire, sale bête !

Un bruit métallique retentit, comme si l'homme avait donné un coup de gourdin contre des barreaux. César serre les dents.

— Ça suffit, gronde-t-il.

Il est prêt à s'élancer quand l'institutrice l'immobilise, lui aussi, d'une main ferme.

— Et qu'est-ce que vous allez faire ? Foncer dans le tas ? J'ai hâte de voir ça. Avec votre bras blessé, vous allez être très efficace.

— Elle n'a pas tort, intervient Urbain, prudent.

— Joseph, il n'est pas comme vous et moi, explique Madeleine. Il n'y a plus rien qui le retient.

— Mais on ne peut pas rester là sans rien faire ! s'inquiète Sébastien, les larmes aux yeux.

— Il nous faut un plan, dit Madeleine.

— Foncer dans le tas, grommelle le garçon.

— Un *vrai* plan, insiste l'institutrice.

Le maire de Saint-Martin avance :

— Un plan où on ne se fait pas prendre… parce que je vous rappelle que, légalement, la chienne est à lui.

— Ah, non, s'insurge Madeleine. Elle n'est pas à lui !

Et elle se met à chuchoter, très vite. En quelques minutes, le plan prend forme…

19

Madeleine les a guidés vers une maison abandonnée, à l'entrée du village d'Ormières. Les volets sont clos, la porte fermée à clé. Cela n'arrête pas l'institutrice. Elle donne un bon coup de pied dans le battant, qui cède aussitôt dans un nuage de poussière.

— C'est quoi votre métier, déjà ? demande César avec un petit sourire en coin.

Elle fait mine de ne pas comprendre l'allusion et réplique :

— Institutrice, pourquoi ? Allez, venez. Je vais vous montrer quelque chose.

Elle entre dans la salle plongée dans l'obscurité, ouvre un volet et se dirige vers la cheminée sur le rebord de laquelle s'alignent des photos encadrées.

— Regardez, dit-elle en pointant du doigt l'une d'entre elles. C'était lui, l'ancien maître de Belle.

Sébastien s'approche et scrute la photo, ému : à côté d'un homme âgé, vêtu comme un berger, un tout jeune patou… sa Belle, encore bébé !

— J'ai donné Belle à René quand sa vue a commencé à baisser, raconte Madeleine. Elle avait à peine un an, mais elle a compris tout de suite qu'il avait besoin d'elle et pendant un été elle a tout fait. Elle menait le troupeau, elle sortait les moutons…

Le garçon ne peut s'empêcher de se sentir fier. Belle est décidément une chienne exceptionnelle !

— On en riait, au village, continue l'institutrice. On se disait qu'un de ces jours elle allait se mettre à faire la cuisine et la vaisselle ! Et puis René est mort. Il n'avait pas d'héritiers, alors les bergers du coin se sont partagé les moutons. Et Joseph a mis la main sur Belle…

— Personne ne l'en a empêché ? s'indigne César.

— Vous voulez dire moi, je suppose ? le défie Madeleine. J'aurais voulu vous y voir. Vous avez déjà regardé Joseph dans les yeux ? Dans son regard, il n'y a que le vide. Et la mort.

Elle baisse la tête, replongeant dans de douloureux souvenirs.

— Et puis, c'était pendant la guerre. Il était ami avec les Boches. J'ai eu peur.

— Tout le monde a peur de lui, constate Sébastien tristement.

— Et à la fin de la guerre ? interroge César.

L'institutrice émet un petit rire sec.

— À la fin de la guerre, il était ami avec les résistants ! On ne pouvait rien faire contre lui.

Urbain lève les yeux au plafond.

— Les miracles de l'armistice, soupire-t-il, fataliste.

— Joseph, c'est un malin, conclut Madeleine.

Sébastien la tire par la manche.

— Et Belle ? Comment elle a fait pour s'enfuir ?

— Elle ne s'est pas enfuie. Je l'ai libérée. Elle aboyait tellement, la pauvre, je voyais bien qu'elle souffrait, elle me faisait peine… Une nuit, je me suis faufilée dans la cour de Joseph et j'ai ouvert la porte de sa cage. Je ne pouvais pas la garder, il serait venu la reprendre. Alors, je lui ai dit de filer… Elle a compris. Elle était tellement intelligente ! Différente. Je savais qu'elle se débrouillerait, qu'elle trouverait une personne… une personne comme toi, Sébastien, achève-t-elle en souriant à l'enfant. Quelqu'un qui saurait la comprendre et l'aimer.

Pendant qu'elle parlait, César s'est approché de la fenêtre. De là, on peut voir la colline, le cimetière et la maison de Joseph.

— Vous êtes sûre qu'il va sortir ? demande-t-il, tendu. Ça fait déjà deux heures qu'on surveille.

Madeleine le rejoint et pose sur son bras une main apaisante.

— Tous les vendredis, il y a un tournoi de cartes. Et Joseph n'en a jamais raté un. Pas un seul ! Ne vous en faites pas...

— Le voilà ! s'écrie Urbain à cet instant. Je le vois. Il sort !

Sébastien se précipite vers la croisée et observe avec attention Joseph qui ferme sa porte à double tour, met ses clés dans sa poche et commence à descendre, sans hâte, le chemin qui mène au village.

— Tout le monde sait ce qu'il a à faire ? souffle Madeleine.

Chacun acquiesce. César se tourne vers Urbain.

— Tu es sûr que tu vas y arriver ? lui demande-t-il, anxieux. Il va falloir que tu le retiennes un bon bout de temps.

Le maire de Saint-Martin bombe le torse d'un air assuré.

— Tu sais ce que c'est, ton problème ? Tu me sous-estimes ! lance-t-il. Bon, je vais sortir par la porte de derrière. S'agirait pas qu'il me voie quand il passera devant la maison. Repoussez le volet !

Tandis qu'il s'éclipse, Sébastien obéit. Par une fente, il épie Joseph, qui passe devant la maison de René et se dirige vers le centre du village.

Le plan va-t-il fonctionner ? Tout est prêt : comme au théâtre, les acteurs attendent en coulisses… Sauf Joseph, qui a déjà, sans le savoir, fait son entrée : il longe la grand-rue d'Ormières vers le café où il a ses habitudes ; et quand quelques enfants déguisés tentent de l'effrayer avec leurs masques de diables, d'anciens masques de Carnaval, il les chasse d'un geste de la main comme s'ils n'étaient que des mouches agaçantes. Les enfants s'enfuient.

Il n'a peur de rien, Joseph.

Et pour lui, c'est une soirée comme les autres…

Mais pas pour Sébastien. Car tout va se jouer maintenant, pour Belle, pour ses petits, pour lui…

20

En ce vendredi soir, l'ambiance est joyeuse dans le vieux café d'Ormières ! Une vingtaine de clients se pressent au comptoir ou autour des tables, un musicien joue de l'accordéon, des couples dansent. Les filles ont mis leurs plus belles robes. Les rires se mêlent au tintement des verres et des carafes. Joseph salue à la ronde et rejoint une table où une partie de cartes se prépare. Il connaît tout le monde, et tout le monde le connaît. On ne l'aime pas trop, mais on le sait bon joueur… un peu trop bon, même. Certains pensent qu'il triche, sans oser le dire.

Mais ce soir, il y a un étranger parmi les habitués, un étranger dont la voix résonne dans son dos :

— Il paraît que vous êtes le roi du rami ?

Surpris, Joseph se retourne et reconnaît Urbain.

Surpris, Joseph se retourne et reconnaît Urbain, le maire de Saint-Martin. Méfiant, il réagit aussitôt.

— Vous ? Qu'est-ce que vous faites ici ? Et il est où, le petit sauvage ?

Urbain hausse les épaules, tout en tirant une chaise pour s'asseoir.

— Au fond de son lit. Le froid, le chagrin, ça abîme. Surtout à douze ans.

— C'est vrai que c'est fragile à cet âge-là, lance Joseph méchamment, tout en lampant le verre de vin blanc qu'on vient de lui servir.

Le maire se penche un peu vers lui, pour le regarder dans les yeux.

— Et ce n'est pas avec son bras estropié que son grand-père va pouvoir le soigner…

Un rictus se dessine sur le visage de Joseph, qui menace à mi-voix :

— Vous devriez rentrer chez vous. Faudrait pas qu'il vous arrive une tuile, à vous aussi.

— Je ne laisse pas tomber mes amis, répond sobrement Urbain.

Il attend que le garçon qui apporte une autre carafe de vin se soit éloigné pour poser sur la table ses clés de voiture. Les joueurs de cartes le regardent faire, perplexes. Perplexité qui se transforme en stupéfaction quand il ajoute :

— Renault 4 CV, moteur à propulsion, deux soupapes par cylindre, quatre cylindres en ligne, pour 760 cm^3. Je vous la joue en cinq manches. Si vous gagnez, la voiture est à vous. Si je gagne, je récupère la chienne et les petits.

L'un des paysans attablés se tourne vers Joseph.

— De quoi il parle ?

Mais l'homme l'ignore. Son regard froid, calculateur, est fixé sur Urbain.

— Pourquoi je ferais ça ? dit-il lentement. Les chiens sont à moi. Et j'ai déjà une voiture.

Et il se lève, comme s'il allait partir.

Urbain est paniqué. Joseph n'a pas mordu à l'hameçon. Et si sa diversion ne fonctionne pas, tout le plan est fichu ! En désespoir de cause, il lance :

— En fait, vous avez peur.

Joseph, la main sur le dossier de sa chaise, hésite.

— Peur de quoi ? interroge-t-il entre ses dents.

— De perdre, ajoute le maire d'une voix volontairement suave.

Et il donne une petite poussée aux clés, pour les placer au centre de la table. La lumière de la suspension les fait briller.

Joseph les regarde.

Et il reprend sa place, au grand soulagement d'Urbain. La partie peut commencer. Très excités, les autres clients du café se rapprochent. On fait cercle. Ce n'est pas tous les jours qu'une victoire peut rapporter autant ! Ce sera une partie de cartes dont on se souviendra longtemps, à Ormières...

***

Sébastien escalade la clôture qui entoure la cour de Joseph. Avec agilité, il enjambe le faîte et disparaît de l'autre côté. Un bruit sourd : il a sauté. Il s'éloigne dans l'obscurité et disparaît presque aussitôt.

— Sébastien ? appelle César d'une voix étouffée.

Pas de réponse. Le berger s'approche de la clôture et pose sa large main sur les planches grossièrement rabotées, prêt à entreprendre l'ascension.

— Vous ne voulez pas plutôt faire le guet ? lui propose Madeleine. Avec votre bras...

— Je ne laisse pas mon petit-fils seul dans cette maison, répond-il, cassant.

— Il n'est pas tout seul, il sera avec moi. Je vais monter aussi.

Le silence de César ne laisse aucun doute sur ce qu'il pense.

— Je vois le genre, grommelle l'institutrice. Vous êtes un têtu. Bien trop têtu, à mon avis…

César est sur le point de répliquer vertement quand, avec un grincement, la grille de fer s'ouvre, poussée par Sébastien. Le garçon pose un doigt sur ses lèvres.

— Chut, vous deux.

À la faible lueur dispensée par la lune, ils traversent la cour. La cage où Belle et ses petits sont enfermés se trouve près de la porte de la maison ; des fenêtres en façade, l'homme peut facilement surveiller les chiens.

La grande chienne blanche, malgré son courage, semble épuisée. Elle est maigre. En voyant approcher son ami, elle gémit faiblement.

Sébastien s'accroupit et passe un bras entre les barreaux pour la caresser.

— Belle, ma Belle… C'est fini. Je suis là.

Belle lui lèche les doigts. Alba s'approche, elle aussi, de la cage et colle sa truffe contre celle de sa fille. Puis elle presse sa truffe contre la main de Madeleine.

— Tu te souviens de nous ! murmure Madeleine, émue.

Elle se redresse aussitôt, car l'instant n'est pas à l'attendrissement : il faut forcer le cadenas qui ferme la cage. Chaque seconde est précieuse. L'institutrice a apporté une pince et se met aussitôt au travail. Mais elle manque de force : l'outil glisse sur le métal. César s'impatiente et lui prend la pince des mains.

— Attendez. Je vais essayer.

Il s'acharne, sans guère plus de résultat. Dans la cage, Belle s'agite et se remet à gémir. Sébastien tente de l'apaiser.

— T'inquiète, ma Belle, on y est presque.

Puis, soudain effrayé, il demande à César :

— Et si Urbain n'arrivait pas à le retenir ?

Sous l'effort, les jointures du berger blanchissent, mais il répond dans un grognement :

— Urbain ? Il est imbattable. Ne t'en fais pas.

***

Urbain, au même instant, ne serait pas de cet avis. Joseph vient d'abattre un pli gagnant – un de plus – et le toise, narquois.

— Deux manches à zéro, annonce-t-il.

— Tu n'as pas perdu de temps, Joseph, commente l'un des spectateurs de la partie.

Le maire de Saint-Martin jette un coup d'œil furtif à la pendule. Ça ne va pas. Joseph gagne trop vite. Auront-ils le temps, là-haut, de relâcher les chiens ?

Il faut qu'il se reprenne.

— En ce moment, je suis assez verni, oui… lâche son adversaire, nonchalant.

Il distribue à nouveau les cartes et, discrètement, en sort une de sa manche ; il la pose sur son jeu.

Personne n'a rien remarqué. Même pas ceux qui seraient prêts à accuser le fossoyeur de tricherie s'ils le prenaient sur le fait. Joseph est habile ; après tout, c'est comme cela qu'il a gagné sa Jeep aux dés ! Avec des dés pipés… Dans sa vie, il a toujours pipé les dés. Il n'aime pas perdre, alors il fait ce qu'il faut pour que ça n'arrive pas…

— Combien de cylindres, vous avez dit ? interroge-t-il, histoire de détourner l'attention.

Mais Urbain est bien trop tendu pour surveiller les mains de son vis-à-vis… Il a d'autres soucis en tête.

Il va perdre.

Et il sait que le compte à rebours est enclenché.

21

Une nouvelle fois, la pince ripe sur le cadenas sans réussir à entamer le métal.

— Elle est nulle, votre pince, grogne César.

— Je n'y peux rien, si vous êtes manchot ! s'exclame Madeleine qui lui arrache l'outil et s'acharne à son tour.

César hausse les épaules.

— Je comprends pourquoi je ne me suis jamais marié, marmonne-t-il dans sa barbe.

Madeleine ne relève pas la remarque ; elle vient de jeter la pince par terre. Pour un peu, elle la piétinerait !

— Elle est nulle, cette pince ! rage-t-elle, reprenant malgré elle les mots du berger.

Sébastien, à travers les barreaux, caresse toujours Belle. Mais dans son regard l'excitation a laissé place à la peur. Les minutes filent. Joseph peut revenir d'un instant à l'autre…

Tout dépend, maintenant, de l'habileté d'Urbain.

***

Pauvre Urbain ! Il joue de plus en plus lentement, faisant mine de réfléchir avant d'abattre ses cartes. La sueur coule sur son front. Ses mains tremblent. À chaque nouveau pli remporté par Joseph, il jette un coup d'œil affolé à la pendule fixée au mur. Son adversaire finit par remarquer son manège.

— Qu'est-ce que vous regardez ? interroge-t-il abruptement, les yeux plissés.

Il se retourne. Imperceptiblement, son corps se tend. Quand il fait à nouveau face au maire, il paraît suspicieux.

— Vous avez rendez-vous ?

Urbain, fébrile, ne peut s'empêcher de rougir. Et Joseph comprend, à cet instant, quelle comédie on lui joue. Il se lève, renversant sa chaise, et empoigne son vis-à-vis par le col, le soulevant presque du sol. Violemment, il le pousse contre le mur.

La musique a cessé. Tous les regards convergent vers les deux hommes qui paraissent prêts à se battre. Joseph approche son visage de celui d'Urbain. À cet instant, il ressemble à un loup affamé.

— Si ma chienne a disparu, je te jure que toi et ta 4 CV, vous allez finir dans le ravin !

Puis il se recule un peu et lui balance une droite en pleine face. Sonné, Urbain s'écroule. Joseph a déjà tourné les talons. Il sort du café, telle une tempête que rien, désormais, ne peut arrêter…

***

Alba et Belle ont soudain dressé la tête : dans leur gorge roule un grondement inquiétant. Madeleine s'affole :

— C'est lui ! Il faut y aller !

Devant le visage de Sébastien, elle ajoute, fébrile :

— On reviendra. Je te le promets.

— Elle a raison, renchérit César. S'il nous surprend, il enfermera Belle ailleurs, et on risque de perdre sa trace pour de bon.

— Ma Belle…

Sébastien, sourd à tous ces raisonnements, presse son visage contre les barreaux et tranche, buté :

— Je ne pars pas sans elle. On ne se quitte plus. Plus jamais.

— C'est de la folie, proteste l'institutrice.

Le garçon secoue la tête et sort son couteau, dont il insère la pointe dans la serrure du cadenas.

— Têtu comme son grand-père ! soupire Madeleine. Mais dis-moi, où as-tu appris à crocheter les serrures ?

— J'aimerais bien le savoir, dit César.

Sébastien hausse les épaules.

— Je le fais tout le temps avec le placard de l'école. Mais le cadenas n'est pas si gros…

L'institutrice est indignée.

— Tu triches ? Tu lis les sujets des compositions ?

Le garçon ne répond pas ; il est trop occupé à tourner la fine lame dans la serrure.

— C'est pas grave, élude César. On s'en fout…

— Mais vous ne vous rendez pas compte ! crie Madeleine. Joseph sera là dans une minute ! J'entends ses pas sur le chemin !

– Vite ! Vite ! Va te cacher avec les chiens !

Et soudain… un petit « clic » retentit dans la nuit. Le cadenas s'ouvre et tombe à terre. Belle pousse la porte du museau. Libre ! Sébastien, ivre de joie, la serre contre lui, de toutes ses forces.

Mais, à quelques mètres de là, la grille du jardin vient de grincer…

— Vite ! Vite ! chuchote Madeleine. Sauve-toi ! On le retient ! Va te cacher avec les chiens !

22

Madeleine et César se sont cachés derrière des cercueils en cours de fabrication que Joseph a entassés dans un coin de la cour. Le berger a ramassé un bâton et l'étreint avec fermeté, prêt à en faire usage s'ils sont attaqués. Mais, alentour, le silence continue à régner. Personne. Que se passe-t-il ?

Soudain, derrière eux, résonne le bruit caractéristique d'un fusil que l'on arme. Les deux complices se retournent. Joseph est là : il a surgi de la nuit comme une ombre et il les tient en joue.

— Où sont-ils ? demande-t-il d'une voix glaciale.

— Tu vas faire quoi ? l'apostrophe Madeleine. Tu vas nous tuer ? C'est fini, Joseph. Elle n'est pas à toi, cette chienne… elle n'a jamais été à toi.

Mais le fossoyeur est insensible à tout raisonnement. Il avance sur eux, menaçant, et hurle :

— ILS SONT OÙ ???

— Si tu veux, ironise César, on peut appeler les gendarmes. Ils t'aideront sûrement à les retrouver…

Furieux, Joseph les force à se lever, puis à reculer dans la maison, dont il ouvre la porte. Son fusil toujours pointé vers eux, il leur fait signe d'entrer dans le placard à balais du vestibule.

— Fais pas de connerie ! s'affole le berger.

Sans répondre, l'homme referme la porte et tourne la clé.

— Tu verras, raille-t-il, c'est plus confortable que ton cellier, le vieux !

César martèle le bois du battant et crie :

— Si tu touches à un seul des cheveux de Sébastien, je te jure que je te tue !

Mais Joseph est déjà ressorti.

Il part en chasse.

Paniqué, impuissant, César donne un coup d'épaule dans la porte. Elle est solide et ne craque même pas. Il est sur le point de reprendre son élan quand Madeleine le retient.

— Inutile. C'est du chêne.

— Qu'est-ce qu'on fait, alors ?

— On prie pour que Sébastien se soit trouvé une bonne cachette, dit l'institutrice avec un calme qu'elle est bien loin d'éprouver.

Sébastien a eu juste le temps de franchir la grille et de se baisser derrière le muret, de l'autre côté du chemin. Quand Joseph est rentré, il est passé devant lui sans le voir ; alors il a entraîné les chiens vers le cimetière...

C'est là, justement, que son ennemi le cherche. Il a réfléchi : les fuyards ne peuvent pas être bien loin. Il s'avance à pas lents dans l'allée éclairée par la lune, guettant chaque ombre, chaque bruit... Tous ses sens en éveil, on jurerait qu'il flaire une piste – comme un chien féroce.

Et soudain, un couinement à peine audible s'échappe d'un caveau. Un sourire se dessine sur les lèvres du fossoyeur. Il a trouvé ce qu'il cherchait. D'une voix douce, trop douce, il appelle :

— Sébastien... Tu joues à cache-cache ? C'est dangereux de jouer comme ça dans un cimetière... Tu ne le savais pas ? Tu pourrais tomber sur un mort... Tu as déjà vu un mort, Sébastien ?

– Sébastien... Tu joues à cache-cache ?

Il s'approche de la porte du caveau, bouche d'ombre grande ouverte sur les sépultures. À l'intérieur, Sébastien retient son souffle et tente désespérément de faire taire le chiot qu'il tient serré dans ses bras, et dont le gémissement a alerté Joseph. Ses yeux reflètent la terreur qui l'habite…

— Tu sais comment c'est, un mort ? continue Joseph, implacable. C'est froid comme un feu éteint. C'est vide. Il n'y a plus de mouvement, il n'y a plus rien. Toutes les émotions, tous les souvenirs ont disparu… Au début, c'est terrifiant, mais très vite, ça devient fascinant. Ce vide, ce rien, ce silence… On en vient presque à les envier… les morts…

Le garçon serre les poings. Il a envie de hurler. La voix est de plus en plus proche… et tout à coup Joseph tend le bras à travers la grille en criant :

— Trouvé !

Ses doigts se referment sur le vide. Le garçon s'est tassé dans un coin. La main de Joseph n'est qu'à quelques centimètres de lui… et il aperçoit son visage collé contre la grille, déformé par la folie et la haine. Il va attraper Sébastien… mais il n'en a pas le temps. Dans son dos, un aboiement hargneux le fait sursauter. Il s'éloigne un peu du caveau, tourne la tête.

C'est Belle ! Elle est là, à une vingtaine de mètres de lui. Elle le défie, il en jurerait… elle le nargue ! La sale bête !

Furieux, il arme son fusil, vise et tire. Belle a déjà plongé derrière une tombe. La balle siffle non loin d'elle, la ratant. Joseph jure, recharge, vise encore la silhouette qui file entre les croix de pierre… mais son fusil s'enraye. Avec un nouveau juron, il jette l'arme dans la neige et se met à courir derrière la grande chienne blanche qui s'élance au galop en direction du village…

23

Sébastien s'est levé. Il caresse les trois chiots terrorisés et leur recommande de ne pas bouger.

— Vous restez là, d'accord ? Je reviens vous chercher.

Belle sur ses talons – car c'est Alba qui a entraîné Joseph à sa suite –, il se lance à l'assaut de la pente enneigée qu'il gravit aussi vite qu'il peut. Mais la diversion, hélas, est de courte durée : le fossoyeur a très vite vu la tache noire sur l'œil de celle qu'il croyait être Belle. Il a compris qu'il avait été dupé… par un animal, de surcroît, ce qui décuple sa fureur.

— JE VAIS TE TUER !!!

Le hurlement parvient jusqu'à Sébastien.

— Vite, Belle ! Faut se magner !

Le garçon et la chienne plongent dans le sous-bois. L'aube pointe, une lueur pâle glisse entre les troncs noirs. Les godillots de Sébastien s'enfoncent dans la neige molle, ce qui ralentit sa course. Belle a beau courir devant lui pour lui aplanir un peu le chemin et l'encourager en le poussant du museau, rien n'y fait : il perd du terrain et il le sait. Joseph n'a qu'à suivre leurs traces, et la rage destructrice qui le possède décuple ses forces et son endurance.

Ils ne peuvent plus lui échapper.

Quand il entend, derrière lui, le crissement des semelles de son ennemi, le garçon se retourne pour lui faire face. Il a tiré le couteau offert par son père et se place devant Belle. Il sait qu'il n'est pas assez fort pour protéger son amie de la vengeance de Joseph ; mais il veut essayer. Jouer son va-tout. Ne pas renoncer.

— Je vous en supplie, ne lui faites pas de mal ! crie-t-il à l'homme qui approche inexorablement.

— Fallait y penser avant, lâche celui-ci avec son sourire de loup.

Il couvre en deux enjambées la distance qui les sépare encore, saisit le garçon au col et le rapproche de lui, le regard fixé sur la petite lame.

— Vas-y, le défie-t-il. Frappe-moi. Qu'est-ce que tu attends ?

Sébastien ferme les yeux. Non. Il ne peut pas. Il ne peut pas frapper un homme !

D'un violent revers du bras, Joseph le rejette alors sur le côté. Étourdi par la force du coup – le coude du fossoyeur l'a atteint à la tempe – l'enfant roule sur le sol. Belle aboie à pleins poumons.

— Ne t'inquiète pas, je ne t'ai pas oubliée… Tu vas payer très cher ce que tu m'as fait !

Sans un regard pour l'enfant à demi-assommé qui essaie péniblement de se redresser, Joseph s'avance vers la chienne. Lui aussi a sorti un couteau, dont la

Pas à pas, Belle recule, le museau au ras du sol.

longue lame brille d'un éclat sinistre. Il passe l'arme d'une main dans l'autre, en riant. Sébastien, angoissé, voudrait crier à Belle de se défendre, d'attaquer, mais aucun son ne sort de sa bouche. Il est comme paralysé.

Belle n'attaque pas. Elle n'aboie plus. Elle ne gronde même pas. Pas à pas, elle recule, le museau au ras du sol et l'échine arrondie, dans une posture de soumission.

— C'est bien, dit le fossoyeur. Tu commences à comprendre…

Aveuglé par sa soif de vengeance, l'homme ne remarque pas que la chienne l'entraîne sur la glace d'un petit lac, où la neige volette en tourbillons poudreux. Un pas. Un autre. Un premier craquement : la glace vient de se fissurer sous la semelle de Joseph qui, le regard rivé à Belle, n'y prend pas garde. Mais Sébastien, lui, a compris le danger qui guette son amie. Encore groggy, il ne peut pas crier, seulement chuchoter :

— Belle… Non…

Il sait que sa chienne a conscience du péril. Pour sauver Sébastien, elle est prête à tout, même à sacrifier sa vie ; et elle continue à reculer, menant l'homme qui veut leur mort vers le centre du lac, là où la surface est fine et friable…

Vers le point de rupture.

Puis elle saute.

Sébastien a retrouvé un peu de voix.

— Ma Belle, non ! s'époumone-t-il. C'est trop dangereux ! Reviens !

Trop tard : Belle est au milieu du lac. Elle se dresse alors de toute sa hauteur, imposante, magnifique, et regarde Sébastien. Dans ce regard, il y a le souvenir de tout ce qu'ils ont vécu ensemble, et tout l'amour du monde.

C'est un adieu.

Puis elle saute. Et se laisse retomber de tout son poids sur la glace. Joseph, cette fois, a compris. Mais il est pris au piège. Et il s'engloutit dans un cri, avec la chienne qu'il a si longtemps poursuivie, dans le trou d'eau noire qui vient de s'ouvrir sous lui.

— BELLE !!!

Sébastien se traîne vers le lac, se jette à plat ventre et rampe jusqu'à la large faille. Rien.

— Belle, sanglote-t-il. Belle !

Et soudain, la tête de Belle émerge de l'eau, dans un ultime effort ! Ses griffes plantées dans la glace, elle réussit à sortir du trou, aidée par Sébastien qui a refermé ses mains sur sa fourrure trempée et tire de toutes ses forces. La chienne, transie de froid mais vivante, s'effondre sur la glace, sur Sébastien qui la serre dans ses bras et la frictionne tout en la tirant prudemment vers la rive.

— Je vais te réchauffer… Tu vas t'en sortir, ma Belle… C'est fini…

Il fond en larmes et répète « C'est fini, c'est fini ». Lentement, ils s'éloignent du trou qui déjà se referme, tandis que les remous, dans les profondeurs obscures, se calment. D'ici une heure, tout sera gelé à nouveau. Il ne restera aucune trace du drame dont la terrible conclusion s'est jouée en ce lieu.

24

— Mais je ne vous ai rien demandé !

Cette voix qui proteste, c'est celle de César. Madeleine a décidé de soigner sa blessure au bras, et il n'apprécie pas trop ses airs autoritaires ! Sur la table de la petite cuisine de son appartement de fonction, elle a ouvert sa boîte à pharmacie et désinfecte la plaie avec un tampon imbibé d'alcool.

— Bien sûr, rétorque-t-elle, sarcastique. Vous préférez que ça s'infecte, peut-être ? Avec un bras en moins, vous ferez moins le malin !

César lève les yeux au ciel.

— Tout de suite la gangrène… Vous êtes du genre optimiste, vous !

— Non, réaliste. Ce n'est pas pareil. Ne bougez pas, enfin !

— Aïe !

— Mais ce n'est pas vrai ! Vous n'avez jamais été malade de votre vie ?

— Excusez-moi d'avoir une santé de fer...

— Oui... santé de fer, c'est vite dit.

— Trente moutons et une ferme à entretenir, j'aimerais vous y voir !

Madeleine le nargue ouvertement.

— C'est une proposition ? Ça fait rêver…

— Aïe !

— Je vous jure, vous êtes douillet, ce n'est pas possible !

Elle jette son tampon d'ouate, puis enroule un bandage propre autour du poignet de César.

— Si vous y alliez plus doucement, aussi… ronchonne-t-il.

— Douillet, têtu, de mauvaise foi… Rassurez-moi : vous avez bien quelques qualités ?

De l'autre côté de la table, Sébastien sort le nez de son bol de chocolat chaud et échange un clin d'œil avec Urbain, qui lit dans un fauteuil du salon. Ils pensent la même chose : ces deux-là sont faits pour s'entendre !

Près du feu, Belle est couchée, emmitouflée dans une épaisse couverture. Alba la réchauffe de tout son grand corps. Les trois chiots, insouciants, jouent autour d'elles.

Pensif, Sébastien les observe.

— Madeleine…

— Oui ?

L'institutrice a terminé le pansement de son patient, devenu subitement docile. Elle regarde Sébastien, qui lui montre Belle.

— Quand vous l'avez donnée au berger aveugle, ça ne vous a pas rendue triste ? interroge-t-il.

Madeleine comprend que c'est une question importante. Elle sourit et répond :

— Un peu, mais elle était bien plus heureuse dans la nature que coincée à l'école, entre sa vieille mère et moi…

— Vous dites comme César, réplique le garçon, boudeur.

L'institutrice jette au berger un regard mi-amusé, mi-affectueux.

— Ton grand-père ne dit pas QUE des bêtises. Même s'il en dit beaucoup… Un jour ou l'autre, tu sais, il faut se séparer. Sinon, comment ferait-on pour se retrouver ?

***

Quelques jours plus tard, à Saint-Martin, la vie a repris son cours normal… enfin, presque.

Sébastien est retourné à l'école. Mais aujourd'hui, il n'est pas venu seul ! Il a amené les chiots… Marie, ravie, tient l'un d'entre eux dans ses bras. Son copain Hector aussi. Il est très intimidé.

— Je ne saurai jamais m'en occuper, murmure-t-il.

— Tu leur as donné un nom, finalement ? demande Marie à Sébastien.

Celui-ci les désigne l'un après l'autre.

— Athos, Porthos…

L'instituteur, surpris et un peu épaté, regarde son élève le plus rebelle. Ainsi, Sébastien, au milieu de ses aventures, a lu *Les Trois Mousquetaires* !

— Et Aramis, tu le gardes pour qui ? interroge-t-il.

Sébastien prend un air mystérieux…

Aramis, le garçon l'a gardé pour César. Le soir même, au chalet, il le lui confie. Avec un peu de solennité. Le berger est étonné.

— Mais qu'est-ce que je vais faire de ça ? Ça va grandir et ça va me mettre le foutoir partout…

— Pas plus que moi, réplique Sébastien en riant avec malice. Madeleine sera là pour t'aider. Elle connaît bien les chiens… Et puis, tu l'aimes bien, non ?

– Et Aramis, tu le gardes pour qui ?

ECOLE

Épilogue

Sébastien a pris sa décision. Il va partir, rejoindre son père et Angelina. Parce que Madeleine a raison : pour se retrouver, il faut se quitter. Et pour grandir, il faut parfois se séparer des lieux et des gens qu'on aime…

Mais c'est difficile. Sur le point de monter dans l'avion qui va l'emporter de l'autre côté de l'océan, le garçon et son grand-père ont du mal à ne pas se laisser déborder par la tristesse. Ils se regardent, silencieux. Dans ce regard il y a beaucoup de choses : des visages, des aventures, des épreuves et des joies…

— Tu sais, dit Sébastien, quand j'étais dans la tempête, j'ai vu ma mère…

— Ta mère ? Mais…

— Je sais. Je sais qu'elle est morte. Mais je l'ai vue, je te jure. C'est elle qui m'a sauvé.

César pose sa main sur l'épaule de Sébastien.

— Je te crois, dit-il simplement.

Les hélices de l'avion commencent à tourner. Le départ est proche. César prend Sébastien dans ses grands bras et le serre très fort contre lui.

— Je suis là, chuchote-t-il. Je ne bouge pas.

Le garçon, la gorge nouée, approuve de la tête. César le lâche, se redresse et lui sourit.

— Fonce, maintenant. Pas de larmes, d'accord ? On se revoit bientôt. Et n'oublie pas de me rapporter du sirop d'érable. Il paraît que c'est délicieux. Tu crois que ça a le goût d'arbre ?

Mais Sébastien est incapable de répondre. Les mâchoires contractées, il se détourne et marche vers l'avion. César, qui le suit du regard, se penche pour caresser Belle.

— Tu le protèges, hein ? Je compte sur toi.

La grande chienne blanche lâche un aboiement joyeux et trotte à son tour vers la passerelle. César passe sa manche sur ses yeux : Sébastien ne le voit plus, il va pouvoir pleurer, enfin…

Mais alors que la porte de l'avion va se refermer, Sébastien se retourne et, bousculant l'hôtesse qui tente de le retenir, se penche au-dehors et crie :

— César ! Je t'aime !

L'avion se met à rouler sur la piste… Il va de plus en plus vite… La silhouette de César devient minuscule… puis elle disparaît. Les roues ont quitté le sol : les nuages entourent l'appareil de leur couche dense, cotonneuse.

Puis c'est le ciel. Un ciel d'un bleu pur. Radieux. Chargé de promesses.

La main posée sur le cou de Belle, Sébastien sourit à travers ses larmes.

Pour l'éditeur, le principe est d'utiliser des papiers composés de fibres naturelles, renouvelables, recyclables et fabriquées à partir de bois issus de forêts qui adoptent un système d'aménagement durable. En outre, l'éditeur attend de ses fournisseurs de papier qu'ils s'inscrivent dans une démarche de certification environnementale reconnue.

PAPIER À BASE DE FIBRES CERTIFIÉES

hachette s'engage pour l'environnement en réduisant l'empreinte carbone de ses livres. Celle de cet exemplaire est de : 500 g éq. CO_2 Rendez-vous sur www.hachette-durable.fr

Composition et mise en page : Nord Compo

Achevé d'imprimer en Espagne par Industria Grafica Cayfosa
Dépôt légal 1re publication : janvier 2018
84.9435.6 – ISBN : 978-2-01-626913-8
Édition 01 – Dépôt légal : janvier 2018

Loi n° 49-956 du 16 juillet 1949
sur les publications destinées à la jeunesse